강서울 현대 판타지 소설
MODERN FANTASTIC STORY

탑스타의
재능 서고

탑스타의 재능 서고 5

강서울 현대 판타지 소설

초판 1쇄 찍은 날 § 2021년 10월 18일
초판 1쇄 펴낸 날 § 2021년 10월 25일

지은이 § 강서울
펴낸이 § 서경석

총괄팀장 § 노종아
편집책임 § 박현성
디자인 § 공간42

펴낸곳 § 도서출판 청어람
등록번호 § 제387-1999-000006호
등록일자 § 1999. 5. 31
어람번호 § 제1-3161호

주소 § 경기도 부천시 부일로 483번길 40 서경B/D 3F (우) 14640
전화 § 032-656-4452 팩스 § 032-656-4453
http://www.chungeoram.com
E-mail § chungeorambook@daum.net

ISBN 979-11-04-92391-3 04810
ISBN 979-11-04-92327-2 (세트)

9

강서울 현대 판타지 소설
MODERN FANTASTIC STORY

탑스타의
재능 서고

탑스타의
재능 서고

목차

제1장

세계를 무대로

"까악… 까악."

"까아아악."

스튜디오 안으로 고요히 울려 퍼지는 까마귀 소리. 이미 여러 번 했던 개인기긴 하지만……

'내가 이걸 남미에서 하게 될 줄은 몰랐는데.'

쥐구멍이 있다면 기어 들어가고 싶다.

유찬은 구슬픈 하모니로 고통스러운 마음을 담았다.

"까악……"

그걸 지켜보던 DJ의 마음 한편도 이내 뭉클해졌다.

'뭐야, 감동적이야.'

탑보이즈의 까마귀 개인기는 나라를 가리지 않고 통했다. 채팅을 치던 시청자들도 이내 숙연해지게 만드는 몰입도 있는 연기.

애달픈 울음소리로 처연하게 까마귀 소리를 내던 둘은 천천히 고개를 떨구었다.

'오조사정(烏鳥私情).'

자리에 있는 이들이 이 짧은 개인기에 담긴 스토리를 온전히 이해하진 못했겠지만, 상준은 자신감에 찬 얼굴로 말을 뱉었다.

"이것이, 한국의 정신입니다."

이윽고 사방에서 박수가 터져 나왔다.

＊　　　　＊　　　　＊

—ㅋㅋㅋㅋㅋㅋㅋㅋㅋㅋㅋㅋ이게 왜 한국의 정신이야

└이상하게 홍보하지 말라고 ㅋㅋㅋㅋ

└심지어 한국 속담도 아니고 사자성어임 ㅋㅋ

└ㅇㅈ 생각해 보니까 그렇네

—한국의 정신을 까마귀라고 소개해 버리는 글로벌 아이돌

└뿌듯한 미소가 킬포

└아 너무 웃겨 ㅠㅠㅠㅠㅠㅠㅠ

└와중에 방송에서 또박또박 말도 잘하더라

└세상 뿌듯함 데뷔가 엊그제 같은데 언제 저렇게 컸는지 몰라 ㅠ

—그렇게 탑보이즈＝까마귀라는 공식이 생겨 버렸읍니다……

└아니, 이상한 공식 만들지 마셍

└ㅋㅋㅋㅋㅋㅋㅋㅋㅋㅋ

└이게 머람! 이게 머야!

└어머니. 제가 인간을 좋아했는지 조류를 좋아했는지 헷갈리

기 시작했습니다…….

　ㄴ이상한 거 헷갈리지 말라고 ㅋㅋㅋㅋ

　ㄴ저런

　막상 뱉어놓고도 부끄러운 발언이었는데, 쓸데없이 온탑의 레이더망에 걸리고야 말았다. 즐겁게 영상을 찾아보며 댓글을 남기고 있는 팬들. 이미 하나의 놀림거리가 되어버린 모양이었다.

　'왜 하필…….'

　하여간 틈을 보여서는 안 된다.

　이미 떠돌아다니고 있는 짧은 움짤들까지. 상준은 댓글을 확인하며 눈을 흐리게 떴다.

　"얘들아."

　때마침 상념을 깨우는 송준희 매니저의 목소리.

　"다들 준비됐어?"

　끼이익.

　그사이 차는 넓은 콘서트홀 앞에 다다랐다.

　오늘은 추가 콘서트가 잡혀 있는 날. 기존 3일 치 콘서트를 했던 곳보다도 더 큰 규모의 콘서트홀이 앞에 자리하고 있었다. 유리창으로 되어 있는 근사한 홀을 창밖으로 내다보며 도영은 작게 중얼거렸다.

　"와, 벌써 떨린다."

　팬들의 호응 덕에 추가 콘서트까지 달려올 수 있었다. 예상 못한 스케줄에 일정이 길어졌지만 마냥 감사했다. 쉼 없이 달려온 남미에서의 활동도 이제 끝이 보인다.

오늘 이 콘서트가 마지막 일정이니까.

선우는 흐릿한 미소를 지으며 멤버들에게 말을 던졌다.

"자, 가자."

"오케이."

"마지막 무대를 부숴 버리……."

그렇게 몇 걸음을 떼었을 때.

콘서트 앞의 인파를 확인한 상준은 놀란 눈으로 멈춰 섰다.

"저게 뭐야?"

잔디밭에 돗자리를 펴고 앉아 있는 엄청난 수의 사람들. 분명 7천 석의 공연장인데 체감은 그 사람들이 거의 다 밖으로 나와 있는 기분마저 들었다.

야외 콘서트도 아닌데…….

제현은 두 눈을 끔뻑이며 작게 중얼거렸다.

"어디서 야외 팬 미팅 하는 거 아냐?"

"아니, 그렇다기엔……."

오늘 이곳에서 공연 일정이 잡힌 건 탑보이즈밖에 없다.

상황 판단을 채 마치기도 전에.

"와!"

갑자기 저편에서 한 무리의 인원이 함성을 터뜨렸다.

'맙소사.'

전부 자신들 쪽으로 쏠리는 시선들.

"꺄아아아아!"

그제야 저들의 정체가 팬들임을 깨닫고 당황하는 멤버들이다.

돗자리까지 깐 채 탑보이즈를 기다리고 있었던 수많은 팬들.

"탑보이즈! 탑보이즈! 탑보이즈!"

인파에 둘러싸인 도영이 얼떨떨한 얼굴로 상준을 돌아보았다.

잔디밭을 둘러보니 곳곳에 텐트마저 보인다.

고작 자신들을 보기 위해서 여기서 이토록 지키고 있었던 걸까.

선우는 멍하니 서 있는 멤버들을 툭툭 치며 작게 속삭였다.

"인사해야지."

"아, 맞다."

놀랍고도 감사한 일이긴 하지만, 일단 본분을 잊어서는 안 된다. 이렇게 된 이상 밖에서 인사를 한 번 드리고 가는 것이 좋겠다는 게 선우의 빠른 판단이었다.

"알았어."

선우가 눈치를 준 덕에 단체로 몸을 돌렸다. 도영은 생글거리는 특유의 미소를 장착한 채 큰 목소리로 외쳤다.

"정식 인사드리겠습니다! Dream the top! 안녕하세요, 탑보이즈입니다!"

"꺄아아아아!"

야외에서도 푸르른 야광봉은 빛이 났다.

벌써부터 반짝이기 시작하는 익숙한 야광봉을 보고선, 도영은 능청스럽게 말을 던졌다.

"아니, 벌써부터 켜시면 어떡해요. 아직 한낮인데."

"와아아아!"

물론 그 말을 이해하신 거 같진 않다.

일단 즐거워하는 팬들을 돌아보며, 상준이 다급히 설명을 덧붙였다.

"푸흡."

도영의 말을 뒤늦게 이해하고선 웃음을 터뜨리는 팬들이다.

야외 팬 미팅 일정이 따로 있었던 것도 아니었지만 어느새 자리를 잡고서 그들의 대화를 듣고 있는 탑보이즈.

상준은 두 눈을 반짝이며 열심히 그들의 말을 이해하려 애썼다.

「언어의 마술사」 재능 덕에 팬들에게 쉽게 녹아 들어간 상준은 사소한 얘기 하나도 놓치지 않았다.

"근데 다들 여기서 왜 기다리고 계셨던 거예요?"

"예아, 와이 웨이팅?"

"…제발."

상준의 말을 열심히 따라 하고 있는 도영의 처절한 영어 실력. 유찬은 두 눈을 손으로 가리며 고통스러워했다.

물론 제현은 더했다.

"으음. 으음. 으으음."

아까부터 버퍼링이라도 걸린 사람처럼 저러고 있었다. 저럴 거면 영어 공부는 왜 한 걸까. 처음 영어 수업을 들었을 때만 해도 저 둘의 자신감은 하늘을 찌를 수준이었다.

'내가 공부를 안 해서 그렇지, 하면 잘한다고 그랬어.'

'대체 누가?'

'우리 엄마가.'

굉장히 불확실한 정보를 바탕으로 본인의 실력을 과신하다니.

'두고 봐. 내가 해외 가면 다 영어로 씹어먹는다니까.'

그렇게 자신하던 도영은 정말로 씹어먹고 있었다.

영어 대신 아랫입술을 잘근잘근 씹어대고 있는 도영.

"아, 투 머치. 투 머치 디피컬트."

초조한 표정으로 서 있는 도영과는 달리, 상준과 유찬은 고개를 끄덕이며 가장 앞에 선 팬의 말을 차분히 듣고 있었다.

그 순간, 명랑한 목소리가 끼어들었다.

"저도 아침부터 기다렸어요!"

"오호."

활기가 넘쳐흐르는 목소리에 저도 모르게 시선을 돌리게 된 상준. 자신을 불러 세운 목소리를 확인한 그는 놀란 눈을 크게 떴다.

"어?"

얼마 전 칠레 투어 당시 버스킹 현장에서 봤던 얼굴이다. 시선을 잡아끌 정도로 화려한 옷차림을 하고 다니는 친구. 오늘 역시 보색의 독특한 조합을 지닌 형광 티셔츠를 입고 있었다.

"…맞죠?"

그때 그 광장과는 한참 떨어진 거리의 콘서트홀.

아니, 심지어 나라도 다르다. 아무리 옆 나라라고는 하지만, 이곳까지 직접 찾아오다니. 상준이 두 눈으로 끔뻑이며 묻자 소녀는 해맑은 미소를 지었다.

"헉, 저 기억하시는 거예요?"

"어… 어."

영어를 잘하는 상준도 이번만큼은 말문이 막혔다. 반응을 보

니 그때 그 친구가 맞는 모양이다. 도영 역시 눈치챘는지 동그래
진 눈으로 다급히 말을 쏟아냈다.

"와이 유 알 히얼?"

"아니, 좀 조용히 해봐."

흥분한 얼굴로 저렇게 말하니 따지는 것 같잖아.

유찬은 도영을 진정시키며 소녀의 반응을 살폈다.

"버스킹 무대를 보고 깊은 감명을 받았거든요."

팬이 돼버렸다며 수줍게 내뱉는 한마디.

"원래 노래는 알았어요. 그냥 좋은 노래라고, 그렇게 생각했을
뿐인데. 버스킹 현장에서 춤을 봤을 때……. 진짜 멍해졌거든요."

팬들이 흔히 말하는 덕통사고는 예상치 못한 순간에 찾아온다.

취향에 딱 맞는 노래를 들었을 때, 감탄이 나오는 무대를 봤
을 때, 완벽한 라이브를 들었을 때.

모두 다른 경우겠지만 한 가지만은 확실하다.

순수한 팬심으로 누군가를 좋아하게 된다는 것.

소녀는 배시시 웃으며 고개를 천천히 끄덕였다.

"노래를 너무 잘 부르셔서요."

그러면서 상준과 도영을 번갈아 향하는 눈길.

표정을 보아하니 대충 누구의 팬인지 알 거 같다. 눈치로 대강
짐작한 도영은 기분 좋은 웃음을 터뜨리며 능청스레 말했다.

"크으. 유 라이크 미?"

"꺄아아아! 예스!"

저러는데도 좋단다.

'맙소사.'

상준은 하마터면 그 자리에서 머리를 짚을 뻔했다. 원래도 자기애가 넘쳐흐르는 도영은 소녀 팬의 한마디에 더 자신감이 하늘로 치솟고 있었다. 도영은 빠르게 싸인까지 건네며 부드러운 미소를 지었다.

"예아, 땡스."

"푸흡."

"하여간, 차도영 저건……."

유찬은 언제나처럼 못 말린다는 듯이 혀를 내둘렀다.

그 와중에도 기분 좋은 폭로는 사방에서 이어졌다.

"처음 봤는데도 너무 좋았어요. 라이브 방송 보는데 팍 끌리더라고요. 그때부터 팬이 됐죠."

훈훈한 이야기부터…….

"동생이 좋아한다고 제 지갑 털어서 앨범을 사버렸는데. 눈앞에서 불태우기 전에 한번 들어보자고 했다가 팬이 됐어요!"

"오……. 땔감으로 안 써주셔서 감사합니다."

"네, 물론이죠!"

어떻게 대답해야 할지 애매한 경험담까지.

상준은 미소를 지으며 팬들을 향해 거듭 손을 흔들었다.

가장 놀란 것은 인근 국가에서 찾아온 팬들이 많았다는 것.

누군가를 보기 위해 그렇게까지 열정을 쏟을 수 있을까. 쉽사리 고개를 끄덕일 수 없는 질문이었다. 그럼에도 이곳에 자리해주었다는 것이 너무도 감사했다.

"무대 이제 들어갈게요."

콘서트가 순식간에 마감된 탓에 출근길만 보겠답시고 온 팬들도 있었다. 그런 그들을 하나하나 눈에 담으며 천천히 발걸음을 떼는 탑보이즈다.

"꺄아아아!"

행복한 미소를 지으며 자신들을 맞이하는 팬들을 보면서, 상준은 생각했다.

가장 힘든 순간 탑보이즈의 곁에 있어준 게 바로 팬들이라면.

그들 역시 같은 이유로 탑보이즈의 곁에 머무르고 있는 것이 아닐까.

자신이 만들어낸 음악이 누군가의 힘이 될 수도 있다는 생각에, 상준의 마음속에서 뜨거운 무언가가 올라왔다.

'나는 그런 아티스트였을까.'

항상 함께할 수는 없겠지만.

울고 싶을 때, 때론 웃고 싶을 때.

방송으로, 노래로 팬들에게 힘을 실어주기 위해 최선을 다했다.

그렇게 서로에게 힘을 주는 존재가.

팬과 연예인이라는 생각이 들었다.

"가자."

그리고.

오늘도 상준은 힘을 받고, 또 주기 위해 무대에 오를 터였다.

*　　　　　*　　　　　*

"꺄아아아아악!"

"앵콜! 앵콜! 앵콜!"

"앵콜 해주세요!"

남미에서의 마지막 무대이기 때문일까.

앵콜 소리는 천장을 뚫을 정도로 엄청났다.

인이어가 무색할 정도로 이미 함성 소리는 귓가를 비집고 들어오고 있었다.

"와아아아악!"

상준은 팬들을 향해 손을 흔들며 마이크를 손에 쥐었다.

"한 번 더?"

"앵콜! 앵콜! 앵콜!"

"더 크게!"

"꺄아아아아!"

관객석에서 쏟아내는 에너지가 장난이 아니다. 푸른 야광봉은 이미 드넓은 파도가 되어 자리한 지 오래였다. 상준은 심장이 빠르게 뛰는 것을 느꼈다.

"한 곡 더 갑시다!"

"좋다."

"쉬지 않고 달려 버리죠."

응원에 힘을 받은 멤버들도 웃으며 정면을 올려다보았다. 7천 명의 관객들이 넘실대며 자신들을 내려다보고 있었다.

꿈과 같았던 남미에서의 마지막 무대.

그 마지막 곡을 위해 특별히 준비한 게 있었다.

상준은 자신에 찬 목소리로 크게 외쳤다.

"시작할게요."

      *   *   *

"팬분들이 가장 좋아할 만한 노래가 뭐가 있을까."

마지막 콘서트 이틀 전, 상준은 오랜만에 노트북을 꺼내 들고선 고민에 빠졌다. 팬들에 대한 보답으로 조금은 새로운 무대를 준비해 보고 싶었다. 기존의 틀을 최대한 벗어나지 않는 상태에서 팬들을 사로잡을 수 있는 무대가 뭐가 있을까.

"시간 빠듯하지 않아?"

"빠듯하지."

유찬의 물음에 상준은 고개를 끄덕이며 모니터 화면을 빤히 바라보았다.

"동선도 안무도 그대로 갈 거야."

"그러면?"

"노래 스타일만 바꿔서 리믹스 해보는 건 어떨까."

상준은 턱을 천천히 쓸어내리며 'ASK'의 트랙을 체크했다. 1, 2절의 배치를 살짝 수정하는 선에서 새로운 분위기의 리듬을 얹게 된다면.

딸각.

상준은 마우스를 움켜쥐고선 빠르게 트랙을 재배열하기 시작했다.

"여기에……."

집중한 기색으로 쉼 없이 달리는 상준. 뒤편에 서 있던 도영도 감탄하며 자리에 앉았다.

"편곡하는 거지?"

"어엉."

타다닥.

그 와중에도 키보드 위로는 상준의 손이 정신없이 뛰어다니고 있었다. 멤버들이 혼동하지 않도록 최소한의 변화로 최대한의 느낌을 살려보려 노력하는 상준.

"후우."

상준은 탄성을 뱉으며 천천히 손을 뗐다.

"됐다."

"이게 뭔데? 에스크?"

"어떻게 바꾼 건데?"

어차피 트랙을 봐서는 감이 잡히지 않는다. 바닥에 굴러다니는 헤드셋을 주운 유찬이 두 눈을 반짝이며 물었다.

"틀어봐."

상준은 대답 대신 마우스를 클릭했다. 곧바로 헤드셋에서 익숙한 전주가 흘러나오기 시작한다.

통통 튀는 'ASK'의 멜로디에 딥한 분위기를 끼얹은 기분. 자동으로 어깨가 들썩이는 신나는 노래에, 유찬은 저도 모르게 웃음을 흘렸다.

"와."

'이게 이렇게 된다고?'

배경 리듬만 살짝 달라졌을 뿐인데 완전히 새로운 노래가 된 거 같다. 무엇보다 가장 놀라운 점은…….

좋다. 드라이브를 하면서 들어도 절로 콧노래가 흘러나올 것만 같이 신나는 리듬이다.

"팬들도 좋아하실 거 같고."

지금 당장이라도 무대 위를 뛰어다니고 싶게 만드는 그런 노래. 유찬은 미소를 지으며 헤드셋을 내려놓았다.

"이거 그거지? 라틴 계열?"

상준은 대답 대신 고개를 끄덕였다.

*　　　　*　　　　*

라틴 스타일의 리듬을 노래에 적용해 보는 것은 상준도 처음이었다.

익숙하게 듣던 라틴풍 팝송에서 최대한 그 느낌을 감 잡아보려 했지만, 걱정되었던 것은 사실이었다.

괜히 어설프게 넣었다가 이도 저도 아닌 음악이 될까 봐.

그래서 더 신중했고 멤버들의 의견을 받아보려 했다.

'이건 이렇게 들어가는 것도 좋을 거 같은데?'

'추가로 넣을 만한 악기 있을까?'

'이 템포도 괜찮을 거 같아.'

덕분에 급하게 수정한 결과물이 이거였다.

그리고 그런 상준의 노력이 빛을 발했는지, 콘서트장 내로 뜨거운 함성이 이어졌다.

"꺄아아아!"

무대는 성공적이었다.

정해진 안무를 보여주기만 하려는 것이 아닌, 리듬에 맞춰 즐기고 뛰어노는 기분으로.

이 색이 바로 설렘일까
So many colors
나는 이 색의 홍수에 빠져 버렸어

멤버들은 소리를 지르며 팬들 사이를 누비고 다녔다.
"감사합니다!"

나는 궁금한 게 많아
Ask me Ask me

"다음에도 불러주세요!"
최대로 끌어모은 텐션으로 외치는 도영. 상준은 피식 웃음을 흘리며 팬들과 한 명씩 아이 컨택을 시도했다.

너가 더 알고 싶어
이곳이 더 알고 싶어

지금 이 장면을 눈에 오래도록 담고 싶어서였다.
"알고 싶어!"
"와아아아악!"
관객석은 'ASK'의 하이라이트를 따라 부르는 사람들로 가득했다. 뜨거운 함성으로 무대를 함께 만들어가는 팬들.

마지막 콘서트여서일까.

그동안의 콘서트보다도 한껏 열이 오른 팬들을 뒤로하고.

상준은 뿌듯한 미소를 지으며 손을 흔들었다.

"감사했습니다!"

파악.

무대 양 끝에서 터지는 불꽃과 함께.

멤버들은 일렬로 나란히 섰다.

정신없이 흘러가는 월드 투어의 일정 중 하나일 뿐이었지만, 그 이상의 의미로 그들에게 다가왔던 순간들이었다.

이 감사한 마음을 다시 한번 새기며, 우렁찬 단체 인사가 무대 위로 울려 퍼졌다.

"지금까지 탑보이즈였습니다! 감사합니다!"

*   *   *

"와아아악!"

"다들 수고했다아!"

"탑보이즈 파이팅!"

근사한 호텔 방 안.

멤버들은 한데 모여 탄성을 터뜨렸다.

송준희 매니저는 기분 좋은 미소를 지으며 탑보이즈를 천천히 돌아보았다.

"다들 진짜 잘했어."

"오늘 저희 무대 대박이었죠? 크으, 이거 실장님도 보셨어야 했는데."

"그러게 말이다."

송준희 매니저는 맥주 캔을 뜯으며 너털웃음을 터뜨렸다.

남미에서의 스케줄이 모두 끝나고, 오늘은 정말 이곳에서의 마지막 밤이다. 그 기념으로 이렇게 단체로 모였다.

"와, 이거 진짜 어렵게 구했어요."

"크으. 미쳤다."

도영과 유찬은 양손에 초록 병을 들고선 쫄래쫄래 들어왔다.

마지막 콘서트의 여파 때문인지 다들 이미 취하지 않아도 텐션이 하늘을 뚫을 지경이다.

"내가 오늘 라이브로 고음 지를 때, 무슨 생각 들었는지 알아?"

"무슨 생각."

"아, 정말 내가 어제 저녁으로 CD를 씹어 먹었던 게 아닐까? 뭐, 그런 심각한 생각."

도영의 허세는 오늘도 넘치다 못해 흘러내렸다. 유찬은 인상을 찌푸리며 돌직구를 날렸다.

"무슨 말 같지도 않은 소리를 하고 있어."

"켁. 너무하네."

짠.

그 와중에도 사이좋게 잔을 부딪히는 둘이다.

"크으, 장난 아니다."

원래 술을 잘 못 마시는 상준도 맥주를 한 모금씩 홀짝이며 분위기를 즐기고 있었다. 짭짤한 과자도 술술 들어간다. 오늘만큼은 다이어트는 내다 버리고 행복하게 마시는 멤버들.

"와. 근데 벌써 떠나온 지 오래된 기분 들지 않냐."

"맞아. 진짜 훅훅 지나가서 처음에는 몰랐는데. 다 끝나니까 확실히 체감이 되네."

다들 쉬지 않고 조잘대는 사이, 제현이 두 눈을 끔뻑이며 중얼거렸다.

"나도⋯⋯."

처음에는 무슨 소리인가 했는데.

제현의 시선이 따라가는 곳을 확인한 상준은 깨달았다.

"아."

맞다.

우리 팀의 유일한 미성년자라 아까부터 물만 열심히 홀짝이고 있었구나.

"사이다 마실래."

"퉤."

갑자기 급 언짢아진 표정으로 고개를 젓는 제현이다.

그러고는 급기야 짠한 눈으로 팽이를 내려다본다.

"걔는 또 언제 데려왔어."

"팽이가 밥을 진짜 좋아하는데."

남은 즉석 밥 몇 알을 주겠답시고 데려온 모양. 밥알 하나를 떼서 잘도 먹고 있다.

오물오물.

잘 보이지도 않는 입으로 밥알을 흡입하는 팽이.

제현은 그런 팽이를 내려다보며 다시 작게 중얼거렸다.

"나도 팽이처럼 이슬만 먹을 수 있는데……."

"어? 그건 또 무슨 소리야?"

"참이……."

초록 병을 내려다보는 시선이 심상치 않다.

선우는 단호하게 고개를 저으며 제현의 입을 틀어막았다.

"어림도 없지. 갑자기 팽이를 왜 끌고 오나 했네."

"너무해……."

아직은 안 된다는 리더의 말에 다시 시무룩해진 제현. 도영이
들뜬 목소리로 화제를 돌렸다.

"저희 무대 한 거, 실장님은 뭐라셔요?"

송준희 매니저는 상기된 얼굴로 즉답을 했다.

"난리가 나셨지."

"크으, 그럴 거 같았어요."

요새 탑보이즈에게 무슨 일만 있으면 가장 먼저 전화 오는 조
승현 실장이었다. 기분 좋은 소식이 쏟아지다 보니 항상 들떠 계
신단다. 송준희 매니저는 피식 웃으며 말을 이었다.

"이 정도로 잘될 줄은 몰랐다고 맨날 같은 말만 한 시간씩 하
시는데."

"살짝 전화 끊고 싶으셨군요."

"아니, 나는 아무 말도 안 했다."

"세상에. 꼭 전해 드릴게요."

송준희 매니저는 능청스레 받아치며 손을 내저었다.

사실 JS 엔터에서는 탑보이즈가 남미에서 이 정도의 성과를
낼 줄은 몰랐다. 해외에서의 인지도는 거의 없다시피 했고, 그

초석으로써 잡은 월드 투어였을 뿐이니까.

미국에서의 성적이 예상했던 것보다 약했기에 몇 주 전만 해도 꽤 걱정했었다. 그런데도 보란 듯이 좋은 성적을 가져왔다.

"너네가 블랙빈보다 예매율이 높았다더라."

오히려 이번 남미에서의 성과는 오래 해외를 돌았던 블랙빈도 훌쩍 뛰어넘는 성적이었다. 높은 벽처럼 느껴졌던 블랙빈을 살짝 뛰어넘다니. 자신감이 자꾸만 솟아난다.

"크흐."

상준은 기분에 취해 맥주 한 캔을 비우고선 짧은 소감을 말했다.

"그래도 저희 정말 열심히 했잖아요."

"그랬지."

도영은 몸서리를 치며 고개를 끄덕였다. 낯선 땅에 무작정 부딪히게 되니 과연 잘해낼까 걱정만 되었던 시간들이었다. 정신없이 스케줄을 소화하는 와중에도 중간중간 쉴 틈이 나면 연습을 게을리하지 않았다.

선우는 육포를 잘근거리며 말을 뱉었다.

"나는 마지막 무대가 가장 죽을 맛이었는데."

"아, 맞지."

상준은 웃음을 터뜨리며 격하게 공감했다. 유찬은 억울하다는 듯 상준을 돌아보며 외쳤다.

"아니, 형이. 얼마 수정 안 하겠다며!"

사실 안무와 동선은 최대한 살리겠다면서 'ASK'의 리믹스 버전을 내놓긴 했었다. 문제는 예상보다 템포가 많이 바뀐 데다 곡 진행 순서도 바뀌었다는 점이었다.

"막상 해보니까……. 좀 다르긴 하더라."

"그걸 이틀 만에 익히라니."

"가끔 보면 저 형이 가장 무서워."

유찬은 혀를 내두르며 탄식을 뱉었다. 그럼에도 해냈다.

가장 팬들에게 반응이 좋은 무대였고.

비록 힘들었지만 뜻깊은 무대를 선물해 드릴 수 있었다는 사실이 감사할 뿐이었다.

팬들이 있어서, 이 자리까지 달려올 수 있었으니까.

"자, 다들 잔 들자."

"크으."

송준희 매니저는 기분 좋은 미소를 지으며 잔을 치켜들었다.

졸졸졸.

소주잔에 사이다를 따른 제현도 해맑게 잔을 들어 올렸다.

"남은 투어도 잘해내자."

"탑보이즈 파이팅!"

"파이팅! 파이팅! 파이팅!"

파이팅 넘치는 구호와 함께.

여섯 개의 잔이 허공에서 부딪혔다.

*   *   *

상쾌한 공기.

낯선 땅을 밟게 되었다는 사실은 확연히 쌀쌀해진 공기로 체감할 수 있었다. 남미 스케줄이 끝남과 동시에 바로 비행기를 타야 했다.

　그렇게 몇 시간을 내리 달려서 도착한 곳은.

　"여기가 그곳인가."

　"이상한 말 할 거면 하지 마."

　"내가 글로벌 아이돌이 될……."

　어김없이 땅을 밟자마자 헛소리를 하는 도영의 입을 막으며 유찬은 질색을 했다. 비록 한국이 아니라 그들의 말을 알아듣는 사람들은 없겠지만.

　"쪽팔려서 같이 못 다니겠어요."

　유찬은 인상을 찌푸리며 한 걸음 뒤로 물러섰다. 그 와중에도 잔뜩 신이 난 도영은 선선한 공기를 맡으며 두 팔을 넓게 벌렸다.

　"여기는 생각보다 춥네."

　"알면 옷 챙겨 입어라. 얘들아, 그러다가 감기 걸린다."

　한국과 거의 비슷한 날씨다. 어느덧 10월이 넘었으니 긴 팔을 입어도 슬슬 추운 날씨가 정상이다. 송준희 매니저는 잔소리를 하며 후드 집업을 멤버들에게 걸쳐주었다.

　"여길 다 와보네."

　이곳은 K—POP의 무수한 팬들이 있는 곳이자, 대부분 월드 투어로 결코 빼놓지 않는 옆 나라. 일본이었다.

　월드 투어를 하면서 언제쯤은 한 번 올 줄 알았지만, 막상 도착하니 감회가 남다르다.

　상준은 두 눈을 반짝이며 도영을 돌아보았다. 다들 피곤해서 금방이라도 뻗을 듯한 얼굴을 하고 있지만, 그 와중에도 각자의 로망을 중얼거리고 있었다.

"도쿄돔에서 공연 한번 해보는 게 내 꿈이다."

"맞지."

5만 명이 넘는 관객들 앞에서 공연하는 것.

아티스트라면 한 번쯤 생각해 봤을 로망이었다. 상준은 거대한 돔 구장을 머릿속으로 그리며 작게 중얼거렸다.

비록 아직 그러지는 못하지만.

"언제 한번 다시 오자고."

언젠가는 그 무대에 설 수 있지 않을까.

상준이 기분 좋은 상상을 하는 동안, 도영이 놀란 눈으로 멈춰 섰다.

"나도 로망 있는데."

"뭐?"

의미심장한 눈길로 상준의 팔을 잡아당기는 도영.

"여기 왔으면 그걸 한번 해봐야지."

도영은 씨익 웃으며 두 눈을 반짝였다.

"뭔데? 뭔데?"

상준은 놀란 눈으로 그런 도영을 따라갔다.

　　　*　　　　　*　　　　　*

"그게… 이거였어?"

너무도 포부 넘치게 던진 말에 처음엔 대단한 건 줄 알았다.

그런데 이렇게 소박한 거였다니.

"이것도 담아도 돼요?"

"와, 이거 신기해 보인다."

도영은 두 눈을 반짝이며 편의점 내를 누비느라 정신이 없어 보였다. 일본에 왔으니 편의점을 한번 가보고 싶었다는 게 녀석의 설명이다.

"저는 이거나 먹을래요."

상준은 피식 웃음을 흘리며 초콜릿을 하나 주워 들었다. 유명한 브랜드의 초콜릿을 본 도영의 얼굴이 팍 식었다.

"아, 형. 여기 와서 이런 걸 왜 먹어. 특이한 걸 먹어봐야지."

"어, 나 새로운 거 도전하는 거 싫어해."

입맛이 확고한 상준은 고개를 저으며 익숙한 것들로 장바구니를 채웠다. 옆에서 여전히 막대 사탕을 가득 채우고 있던 제현이 심각한 얼굴로 물었다.

"…형이?"

"뭐가?"

"새로운 거 도전하는 걸 싫어한다고?"

제현은 고개를 갸우뚱하며 먼저 앞으로 나갔다.

"그동안… 너무 새로웠는데."

미안한데 다 들린다.

상준은 인상을 찌푸리며 억울한 낯빛이 되었다.

"야, 내가 언제!"

"까아악… 까악."

망할.

이젠 대답 대신 상준의 흑역사를 차분히 읊어버리는 제현이다.

선우는 웃음을 터뜨리며 혀를 내둘렀다.

"많이 컸다니깐."

"좋지 않은 쪽으로?"

"저건 다 차도영 때문이야."

가만히 있던 도영은 화들짝 놀라며 선우를 돌아보았다.

"어? 나는 왜? 형도 이거 먹게?"

"아, 아니다."

도영이 들었다면 또 한바탕 난리를 쳤을 터였다.

"그만들 하고 다시 숙소 올라가자."

선우는 수북히 쌓인 간식거리를 계산하며 자리를 떴다.

그렇게 도착한 숙소 안.

"와, 이거 진짜 독특하다."

도영은 새하얀 모찌 떡을 오물거리며 말을 뱉었다.

"이게 그렇게 유명하대. 딸기 모찌 롤인데, 입에서 아주 살살 녹아."

"나도 한 입만."

"맛있긴 하네."

괜히 로망이라고 했던 게 아니었다.

"이것도 먹어봐. 푸딩인데……."

어떻게 하나같이 새로운 것들만 가져왔는지 감탄이 나올 지경이다.

"편의점이 아니라 거의 마트긴 하더라."

상준은 반사적으로 답하며 고개를 끄덕였다. 멤버들과 함께 쇼핑해 온 아이스크림을 신나게 먹고 있던 송준희 매니저는 주머니에서 휴대전화를 꺼냈다.

"스케줄 브리핑했었나?"

"네, 내일 예능프로 있다고 하셨어요."

일정이 다소 미뤄지면서 휴가 기간이 오히려 줄었다. 대신 월드 투어가 끝나면 아예 자유롭게 휴가를 주겠다고 했으니 다들 고개를 끄덕이는 상황이었다. 누가 뭐래도 월드 투어 일정이 지금으로선 중요했으니.

그래서 바로 스케줄이 있는 것까진 이해했는데…….

"네?"

"뭐라고요?"

스케줄의 정체를 들은 멤버들의 얼굴이 동시에 일그러졌다.

송준희 매니저는 담담한 표정으로 두 눈을 끔뻑였다.

"왜?"

"그… 잘못 들은 거 아니죠?"

도영은 거듭 믿을 수 없다는 눈길로 송준희 매니저를 올려다보았다.

그럼에도 그의 입에서 튀어나온 말은 같았다.

"첫 번째 예능이… 폐가 체험이라고요?"

* * *

어떤 예능에서도 진지한 자세로 임하던 탑보이즈 멤버들.

각 나라의 리얼리티나 토크쇼에 참여할 때마다 기초적인 언어를 공부해 가긴 했었지만.

이토록 절박했던 적은 없었다.

"제현아, 일본어로 살려주세요가 뭐라고?"

"타스케테?"

"어어. 그 말 하나만 외워가면 살아서 돌아오지 않을까?"

유찬은 혀를 차며 도영에게 타박을 던졌다.

"살려주세요 하면 귀신들이 살려 드릴게요 하냐?"

"야, 그래도 사람이잖아. 귀신이라는 무서운 소리 하지 마. 그거 다 사람이야."

"사람인데 왜 무서워하냐."

"그건……."

평상시에는 잘도 폴짝거리고 다녔을 녀석이 저렇게 하얗게 질려 있는 걸 보면 퍽 무서웠던 모양이다. 상준은 피식 웃으며 선우를 돌아보았다.

'망했네.'

이쪽은 상황이 더 심각하다.

"한국 돌아가기만 해봐."

"왜."

"이거 오케이한 사람 얼굴이 너무 궁금해졌어."

그냥 리얼리티 예능이라고만 해버리다니.

'애들이야 알아서 잘할 거예요.'

송준희 매니저 말로는 그랬다는데…….

"하, 실장님. 여기에 던져 버리고 싶다."

"우리만 고통받는 건 억울하긴 하지."

상준은 선우의 진심 어린 한마디에 격하게 공감했다. 그렇다고 해서 벌써부터 둘처럼 덜덜 떨고 있는 건 아니었다.

사실 상준은 크게 관심이 없었다.

오히려…….

"놀라는 리액션을 확실히 해야 방송 각이 살 거 같은데. 도영아, 놀라는 연기는 어떻게 하는 게 좋을까."

"가만 보면 저 형이 가장 무서워."

도영은 질겁하며 상준을 돌아보았다.

그럼에도 상준은 진심이었다.

"흐음. 이상하게 하면 안 될 거 같은데."

예능 2년 차 상준의 판단이었다. 데뷔 전부터 예능으로 사람들에게 인지도를 쌓아온바, 느낀 점이 많았다. 맛있는 음식은 두 눈이 뒤집어질 정도로 맛있게 먹어야 하고, 무섭지 않아도 까무러칠 정도로 놀라야 한다.

카메라에서 100의 감정을 전달한다면, 받는 쪽은 10으로 느껴질 테니까.

"제대로 해보자."

「언어의 마술사」.

틈틈이 일본어를 공부하면서 리액션에 대한 고민도 병행하는 상준. 그런 상준의 시선이 닿은 쪽은 제현이었다.

"……."

호들갑을 떠는 멤버들과는 달리 제법 조용하게 앉아 있는 녀석이다. 상준은 제현을 돌아보며 슬며시 말을 걸었다.

"넌 안 무서워?"

"다들 나약해."

"쓰읍. 네 입에서 나올 소리는 아닌 거 같은데."

"하, 어이가 없네."

물론 이번에도 믿지는 않았다.

저렇게 패기 넘치게 말해놓고 번지점프 때 울었던 사람이 누구였더라.

"신빙성이 가는 대답은 아니네."

"어?"

"아니야, 아무것도."

상준은 중얼거리며 일본어 회화 책을 덮었다.

준비는 최대한 끝났다.

이제는 예능에서 보여주고 오기만 하면 된다.

"타… 타스케테……."

상준은 작게 중얼거리며 자리에서 벌떡 일어났다.

*　　　　*　　　　*

그리고 대망의 촬영 날.

"와아아아!"

카메라에 붉은 불이 들어오자마자 화려한 정장을 입은 남자가 크게 외쳤다.

"네, 오늘은 한국에서 온 K—POP 신인 아이돌이죠. 탑보이즈를 모셨습니다!"

일본의 유명한 개그맨이자 사회자라는 이치로우.

오랜 경력답게 수월한 진행이 이어졌다.

"간단히 자기소개 해주시죠."

멤버 하나하나를 돋보일 수 있게 하는 재치 있는 질문들.

미리 준비해 온 질문들에 맞춰 멤버들은 어설픈 일본어로 대답했다. 실력이 서툴러서도 있긴 했지만 단지 그뿐만은 아니었다.

"……."

덜덜.

이미 선우는 리더의 체면을 뒤로하고 대놓고 떨고 있었다.

아까부터 서늘하게 느껴지는 공기. 겨울이 다가와서 그럴 수도 있지만, 가장 큰 이유는 그들이 서 있는 뒷배경 때문일 터였다.

"오늘 폐가 체험, 어떻게 보시나요?"

이치로우가 선우에게 능청스럽게 질문을 던졌다. 선우는 진지한 얼굴로 마이크를 붙들었다.

"보고 싶지 않습니다."

"푸흡."

너무도 솔직한 대답에 도영은 입을 가리고 웃음을 터뜨렸다.

"도영 씨는요?"

"아."

웃다가 생각해 보니 웃을 때가 아니었다.

도영은 창백하게 질린 얼굴로 천천히 입을 뗐다.

"저는 하나도 안 무섭습니다."

"예, 별로 안 그래 보이네요."

'저런.'

상준은 혀를 내두르며 도영의 어깨를 토닥였다.

"차라리 내 뒤만 따라와라."

"어, 안 그래도 그럴 거야."

자존심 따위는 사라진 지 오래다. 도영은 인상을 찌푸리며 깊은 한숨을 내쉬었다. 이런 공포 체험 하면 떠오르는 기억이 있었다.

"저랑 유찬이가 예고 출신이거든요."

학교 행사 때 귀신의 집이 있다고 해서 한번 가봤다는데…….

겨우 학교에서 진행하는 행사 수준이었는데도 자리에서 기절할 뻔했단다.

"연극영화과 애들이 너무 연기를 잘해요……."

도영은 그때의 기억이 떠오르는지 몸서리를 쳤다.

통역사에게 말을 전해 들은 이치로우는 웃으면서 능청스레 받아쳤다.

"아, 여기 귀신들은 더 연기를 잘할 거예요."

"그거참 위로 안 되는 소리네요."

대체 긍정적인 소리가 하나도 들려오지 않지만, 이미 주사위는 던져진 뒤였다.

사회자는 웃으며 대본 카드를 천천히 읽었다.

"들어가셔서 간단한 미션들을 해결하고 오시면 됩니다. 말이 폐가지, 세트니까 너무 걱정 마시고요."

"비주얼이 매우 폐가 같네요."

"괜찮습니다."

사회자는 괜찮다는데 한 명도 괜찮아 보이질 않는다.

도영은 언덕 위의 집을 올려다보며 깊은 한숨을 내쉬었다.

"갑시다."

마음의 준비는 끝났다.

$$* \qquad * \qquad *$$

사람의 인기척조차 느껴지지 않는 고요한 건물.

실제로 앞에 다다랐을 때의 중압감은 생각했던 것 이상이었다.

"후우."

상준은 깊은 숨을 들이마시며 빠르게 고민했다.

'어디서 튀어나오려나.'

미리 계산해서 놀랄 준비를 해야 한다. 열정 가득한 눈길로 주변을 스캔한 상준은 가장 먼저 문을 열었다.

끼이익.

철문이 부딪히는 소리가 음산하게 울려 퍼진다.

도영은 침을 삼키며 천천히 발을 내디뎠다.

"복도야?"

"분위기가 약간 학교 같은데?"

"진짜?"

밖에서 봤을 때는 음산한 폐가 그 자체였는데, 막상 들어와 보니 내부가 꽤 넓었다. 계단까지 있는 걸 보니 규모도 상당했다. 여기서 미션을 수행하라니. 앞으로의 고생길이 눈에 그려진다.

"폐교였구나."

상준이 담담한 목소리로 중얼대는 말에 도영이 제자리에서 팔딱대며 호들갑을 떨었다.

"아니, 지금 그게 중요한 게 아니잖아. 손전등 좀 제대로 비춰봐."

"네가 들래?"

"…사양할게."

어휴.

상준은 혀를 차며 미션 카드를 읽어 내려갔다.

[과학실에서 해골 옆 편지를 확인하세요. 다음 미션이 당신을 기다리고 있습니다.]

"과학실? 해골? 나 진짜 집에 갈래……."

친절히 한국말로도 써 있는 카드의 내용.

상준은 구시렁대는 도영을 밀어내고 차분히 벽에 붙어 있는 지도를 확인했다.

현재 있는 곳에서 왼쪽 계단으로 올라가면 가장 끝 복도에 위치한 과학실. 상준은 턱을 천천히 쓸어내리며 말했다.

"과학실이라. 2층에 있는데?"

"엄마……. 나 집 가고 싶어……."

하나도 안 무섭던 제현은 덜덜 떠는 도영을 바라보며 고개를 절레절레 저었다.

"우리 팽이가 형보다 빠르겠다."

저건 걷는 수준이 아니라 기어 다니는 수준이다.

"하아."

높게만 느껴지는 계단을 바라보며 깊은 한숨을 내쉬는 도영.

제현이 못 말린다는 듯 타박을 던지자 억울해진 도영이 받아쳤다.

"그럼 네가 먼저 가든가."

"그래, 뭐."

오, 이건 무슨 패기일까.

'어제부터 뭘 잘못 먹은 게 분명한데.'

요새는 자기도 어른이라며 헛소리를 해댄다.

제현의 패기를 보며 말릴 용기도 없어 보이는 선우와, 흥미롭게 바라보는 상준.

제현은 거침없이 계단을 올라가기 시작했다.

"아니, 이게 뭐가 무섭……."

그리고 정확히 1분 뒤.

"아아아아아악!"

건물 안을 뒤흔들 정도의 비명 소리가 울려 퍼졌다.

*   *   *

"으아아악!"

"살려주세요!"

"아아아아아악!"

놀라서 소리를 지르는 제현부터, 그런 제현에 덩달아 놀란 도영과 선우.

'저럴 거면 일본어로 살려주세요는 왜 연습해 간 거야.'

어차피 당황하고 나니 한국말만 튀어나온다. 방송으로 쓰기에 굉장히 적합한 그림. 송준희 매니저는 밖에서 아우성을 들으며 심각한 얼굴이 되었다.

"무슨 일 있나?"

유감스럽게도.

전혀 아무 일도 없었다.

"왜 소리 지른 거야!"

"그… 그게……"

제현은 급기야 울먹이며 두 팔을 휘저었다. 뭐라도 허공에서 떨어진 줄 알았는데…….

"바닥에 인형이 있었어."

가만히 계단에 굴러다니던 곰 인형. 어두운 곳에서 보니 다소 음산한 비주얼이긴 하다만, 이렇게 놀랄 것까진 아니었던 거 같은데. 도영은 깊은 한숨을 내쉬며 중얼거렸다.

"너, 곰 인형 좋아하잖아."

"…이제 안 좋아해."

맞다.

지난번 곰 인형 카메라 사건 이후로 곰 인형을 질색하기 시작한 제현이다. 상준은 대수롭지 않은 표정으로 곰 인형을 옆으로 치워놓았다. 미션까지 할 거면 여기서 이렇게 지체하면 안 된다.

이성적 판단을 마친 상준은 오른손으로 손전등을 들어 올렸다.

그것도 잠시.

"으아아아악!"

"아악! 나 집 가고 싶다고오오!"

이번엔 진짜 천장에서 후두둑, 뭔가가 떨어졌다.

"아."

머리 위에 착지한 건 거미 모형. 상준은 툭툭 털며 자리를 뜨려다가 뒤늦게 자각했다.

'맞다, 리액션.'

"…와악!"

"아아아악! 형은 왜 갑자기 소리 지르는데!"

"아, 미안."

한 박자 늦게 리액션한 게 도리어 도영을 놀라게 했다. 상준은 머쓱한 미소를 지으며 앞으로 나섰다. 나머지는 사실상 패닉상태니 믿을 사람은 유찬밖에 없다.

"유찬아, 이쪽이야?"

"그런 거 같은데."

저벅저벅.

고요한 복도가 길게만 느껴진다.

"허억."

1층에서는 아무도 만나지 못했다면 2층은 달랐다.

올라오자마자 복도 끝에 보이는 여자에, 도영은 숨을 멈췄다.

'죽겠다.'

괜히 소리를 지르면 뛰어올까 봐 숨죽이고 있는데, 다행히 탁자에 조용히 앉아만 있다. 새하얀 소복을 입고 기괴한 미소를 짓고 있는 여자. 아무리 분장이라지만 저 비주얼은 조금 무섭긴 하다.

'왜 저기 있지?'

상준은 여자 쪽을 힐끗 바라보며 고개를 돌렸다.

미션 장소 앞에 다다라서일까.

2층의 공기는 1층보다 훨씬 서늘하게 느껴졌다.

[과학실]

상준은 일본어 표지판을 보고 문 앞에 다가섰다.

"연다."

그 순간.

덜컹.

"아, 나 진짜 싫어."

이젠 멀쩡하던 반대편 복도의 문이 닫힌다. 상준은 침을 삼키며 과학실 문을 올려다보았다.

여자가 음산하게 분위기만 잡았다면, 이번에는 진짜다.

'백 퍼 누가 튀어나올 거 같은데.'

이런 예능을 많이 봐서 알고 있다. 상준은 침착하게 문고리를 잡았다. 누가 나타나면 놀랄 만반의 준비를 마쳤고.

벌컥.

놀라기만 하면 되는데…….

"아아아아아!"

"엄마……! 엄마……!"

이 녀석들의 리액션을 따라갈 수가 없다.

문을 열어젖히자마자 하얀 옷을 입고 분장한 채 달려오는 남자를 보자마자 기겁하며 리액션을 쏟아내는 멤버들.

오디오는 이미 가득 찬 상태다.

저들을 따라 소리를 지르려던 상준은 본능적으로 고개를 숙였다.

"어, 안녕하세요."

저도 모르게 공손한 인사를 건넨 상준.

다른 멤버들의 상황은 처참했다. 제현은 바들바들 떨며 문 뒤에 숨어버렸고, 도영은 날아갈 듯이 통통 뛰고 있었다.

"아아악, 선생님. 저 착하게 살았어요. 저한테 이러지 마세요⋯⋯."

"⋯⋯."

"제가 앞으로 더 착하게 살게요. 아아아악!"

본래 이런 것일수록 가장 무서워하는 사람한테 다가가는 법이다.

후다다닥.

분장한 남자는 도영을 발견하고 빠르게 달려오기 시작했다.

그리고.

찰나의 순간, 도영의 머릿속에는 많은 생각들이 스쳤다.

'일본어로 살려주세요가 뭐더라?'

'귀신 만나면 그것부터 뱉어본다.'

그렇게 다짐했건만.

'뭐였지? 타스⋯⋯.'

타스까지는 기억나는데 뒷말이 어째 흐릿하다.

'타스케⋯⋯. 케떼?'

제대로 모르니 일단 내질러 볼 수밖에.

"타스⋯ 게떼!"

"⋯⋯!"

뭐야, 저건.

"게떼에에엑!"

"……."

"게떼에에엑! 오지 말라고! 오지 마세요! 아, 살려달라고!"
그렇게 도영은 또 하나의 흑역사를 남겼다.

＊　　　　　＊　　　　　＊

─폐가에서 득음한 탑보이즈 ㅋㅋㅋㅋㅋㅋ
　└ㄹㅇ 도영이 이제 메인보컬 해도 될 듯 ㅋㅋㅋㅋㅋ 가창력 뭔데
　└타스게떼ㅋㅋㅋㅋㅋㅋㅋㅋㅋ 어디서 배운 일본어야
　└진짜 너무 웃겨서 숨넘어갈 뻔
　└저기요 애들은 많이 고통받은 거 같습니다만
　└저는 즐거웠다고 합니다
　└ㅋㅋㅋㅋㅋㅋㅋ단호해
─제현이는 웰케 패기 있게 나가놓고선 1분 만에 식겁하냐 ㅋㅋㅋㅋㅋ
　└아직 어른이 되지 못하였다…….
　└흙흙
　└ㅋㅋㅋㅋㅋㅋㅋㅋㅋ그만 놀려 막내 운다
　└아니, 이미 울고 있던데… ㅋㅋㅋㅋ 마지막에 카메라에 잡혔어
　└해골 미션 하는데 거의 통곡 수준
─상준이 뒤늦게 리액션 한 거 본 사람?
　└ㅋㅋㅋㅋㅋㅋㅋㅋㅋ너무 침착했어

└아니, 혼자서 뒤늦게 아악! 한다고 그게 무서워 보이냐고
└귀신한테 인사는 왜 해
└동방예의지국의 정신 ㅋㅋㅋㅋㅋㅋㅋㅋㅋ
─다들 즐거운 얘기해서 미안한데 나만 중간에 여자 봤나?
└??????????
└뭔 소리야 무섭게
└여자 있었잖아. 화면에. 아니야?
└왜 그래 나 잘 거야 ㅠㅠㅠㅠㅠㅠ
└못 본 사람?
└나는 봤는데

고단했던 공포 예능이 끝나고.
　멤버들은 힐링을 찾으려 유이앱을 틀었다. 오랜만에 이렇게 실시간 방송으로 만나는 기분. 열심히 댓글창을 읽어 내려가던 도영은 손사래를 치며 변명했다.

─와! 득음한 도영이다!
─득음 ㅋㅋㅋㅋㅋㅋㅋㅋㅋㅋ
─그렇게 무서웠어?

"에이, 여러분. 그거 다 연출이에요, 연출."
"푸흡."
"형은 왜 웃어."
"제가 거짓말은 못 해서요."

상준은 진심으로 조소를 머금었다. 두 팔을 휘저으며 난리 쳤던 게 눈에 선한데 이제 와서 연출이라니. 유찬은 한숨을 내쉬며 멍이 든 팔뚝을 들었다.

"얘가 저 때린 거 알아요? 아니, 놀랐는데 왜 나를 때려."

"아. 차도영이 너무했네. 그냥 폐가에 버리고 오지 그랬어."

선우는 헛기침을 하며 웃음을 터뜨렸다. 도영은 눈살을 찌푸리며 곧바로 타박을 던졌다.

"형이 할 소리는 아닌 거 같고."

"크흠. 그래도 미션 다 했잖아."

미션은 상준이 혼자서 다했다.

위에서 머리카락이 튀어나오는데도 꿋꿋이 편지를 읽고.

아래층 귀신, 아니, 사람과 하이 파이브까지 하고 나왔다.

"유찬이도 잘하더라."

"둘이 이상한 겁니다, 여러분."

—ㅋㅋㅋㅋㅋㅋㅋㅋㅋㅋㅋ

—네, 차도영 씨의 변명 잘 들었습니다

—타스게떼 씨 ㅋㅋㅋㅋ

이때다 싶어 즐겁게 놀리는 온탑들이다.

상준은 너털웃음을 터뜨리며 천천히 댓글을 읽어 내려갔다.

그때, 눈에 띄는 댓글 하나가 있었다.

—2층에 여자 있었어요? 팬들이 이걸로 엄청 물어보는데, 진짜예요?

—이거 합성임?

―아니, 나 무서어… 이걸 왜 물어봐…….

"2층에 여자요?"
상준은 두 눈을 끔뻑이며 고개를 끄덕였다.
"있긴 했는데. 달려오질 않아서 그러려니 했는데."
"무슨 소리야, 그게?"
유찬은 고개를 갸우뚱하며 물었다.
"2층에 여자 귀신 있었잖아. 쳐다보기만 하던데."
상준이 대수롭지 않게 덧붙이는 말에 도영은 몸서리를 쳤다.
"맞아. 솔직히 나는 달려온 그분보다 더 무섭던데. 묘하게 섬뜩해서 진짜 귀신 같……."
도영의 말에 유찬의 얼굴이 차게 식었다. 폐가 체험 때도 전혀 겁을 먹지 않았던 유찬인데, 어느새 얼굴이 창백해져 있었다.
"짜고 치는 거지?"
"어?"
"아니, 아무도 없었는데."

―그거 방송 보고 누구는 있다던데 누구는 없대요
―그게 무슨 소리야
―난 없었는데?
―저는 봤어요. 2층 탁자 위에 앉아 있었잖아

상준과 도영은 봤다고 하고, 유찬과 선우는 모르는 일이란다.
제현은…….

"저는 땅만 봤어요."

"아."

어쨌든 같은 멤버 안에서도 이렇게 말이 갈리니 의아해진다.

상준은 인상을 찌푸리며 송준희 매니저를 올려다보았다.

팬들 사이에서 각종 괴담이 도는 상황이라 제작진에게 문의 중인 모양인데…….

돌아온 답변은 제법 충격적이었다.

"그 여자는 준비한 사람이 아니라는데?"

―미친

―아니, 이거 ㄹㅇ임?

―짜고 치는 거 아니죠????????

―뭔 소리야 대체

―아니, 나 집에 혼자 있는데 ㅠㅠㅠㅠ

의아한 표정으로 물어오는 멤버들에도, 송준희 매니저의 답변은 같았다. 일부러 무섭게 하려고 지어내는 말이 아니었다.

"그런 사람 없다는데? 카메라에도 안 찍혔다고……."

"망할."

"나 진짜 집 가고 싶어."

순간, 서늘한 기분이 들었다.

상준은 인상을 찌푸리며 그때 일을 회상했다.

'그러면 그때 그 오싹했던 게…….'

평상시에는 크게 놀라지 않던 상준도 충격에 빠진 얼굴로 중얼거렸다. 아무리 공포 체험을 안 무서워한다지만 그건 사람이라 그런 거고.

"아, 오싹해."

이번에는 상준도 살짝 무서워졌다.

하지만.

그 와중에도 상준의 열정은 불타오르고 있었다.

"혹시 새로 나온 앨범이 잘되려고 그러나?"

"지금 그런 생각이 나……?"

"왜, 그런 말 있잖아. 녹음실에서 귀신 보면 대박 난다고. 와, 대박 날 징조야."

짝짝짝.

손뼉까지 치면서 즐거워하는 상준.

도영은 진심으로 이해할 수 없다는 표정으로 시무룩해졌다.

"나는 저 형이 제일 무서워……."

망할. 내가 왜.

*   *   *

귀신을 한 번 만나서인지 일본 투어는 상준의 말대로 술술 풀려갔다. 콘서트도 성황리에 마무리된 데다가 팬 미팅도 엄청난 경쟁률로 조기 매진되었다.

좋은 사람들, 좋은 팬들에 둘러싸여서 즐거운 시간들이었다.

"감사합니다!"

"더 좋은 모습으로 찾아뵙겠습니다!'

비록 도쿄돔은 아니었지만 지금으로선 넓게만 느껴지는 무대에서 만족스러운 공연도 펼쳤다. 상준은 상기된 얼굴로 지난 월드 투어를 회상했다.

　　나라마다 분위기는 천차만별이었다.

　　살아온 환경도 다르고 언어도 다르니 그렇게 느낄 수밖에 없었다.

　　그럼에도 공통적인 게 하나 있었다.

　　다 탑보이즈를 좋아하고, 그들의 음악을 즐기는 사람들이라는 것을.

　　그 사실 하나만으로 하나가 될 수 있었던 시간이었다.

　　"다들 수고했다."

　　한국으로 돌아가는 비행기에서 기절한 듯 잠을 자고.

　　일어났을 때는 뻐근한 근육통이 상준을 반겼다.

　　정말 쉼 없이 달려서였다.

　　그럼에도 뿌듯했다.

　　첫 월드 투어를 무사히 마무리했다는 사실이 뿌듯해서.

　　힘들었던 게 잊히지…….

　　"…는 않는구나."

　　으윽.

　　상준은 인상을 찌푸리며 자리에서 일어났다.

　　"다들 짐 챙겼지? 도착했어."

　　송준희 매니저는 웃으며 잠이 덜 깬 멤버들의 어깨를 토닥였다.

　　"얼마 만에 밟는 한국 땅이냐."

　　유찬은 감격에 찬 표정으로 작게 중얼거렸다.

"집부터 가고 싶다."

"나도."

앞으로 주어질 일주일의 휴가 기간 동안 뭐 할 거냐며 잔뜩 신나 있는 멤버들. 그렇게 비행기를 나서고 입구로 향했을 때.

"…어?"

웅성웅성.

상준은 엄청난 인파에 두 눈을 동그랗게 떴다.

출국길에도 팬들이 직접 공항까지 찾아오긴 했었지만…….

"맙소사."

상준은 끝이 없어 보이는 행렬에 짧은 탄성을 내뱉었다.

천천히 발을 내딛는 상준.

그리고.

사방에서 쏟아지는 셔터 소리.

"와아아아아아악!"

"탑보이즈다!"

"꺄아아아!"

엄청난 함성 소리는 한 가지 사실을 증명했다.

"탑보이즈! 탑보이즈! 탑보이즈!"

완벽한 월드 투어를 마치고.

드디어 고향에 돌아왔다는 것을.

제2장

귀국

삐—삐.

익숙한 기계음 소리가 귓가에 울려 퍼진다.

수없이 맡아왔던 병원 냄새가 상준의 코끝을 치고 들어왔다.
상준은 담담한 표정으로 문을 천천히 열었다.

가장 먼저 시선이 닿은 곳.

그곳에는 익숙한 얼굴이 평온한 표정으로 누워 있었다.

"……."

한국에 도착하자마자 상준이 가장 먼저 들른 곳은 상운의 병원
이었다. 다른 멤버들과 달리 딱히 갈 데가 없어서이기도 했지만.

가장 큰 이유는…….

그냥, 그래야 할 거 같았다.

할 이야기들이 너무 많이 쌓여 있어서 하루라도 빨리 풀어야

할 것 같았으니까. 상준은 작은 목소리로 물음을 던졌다.

"잘 지냈어?"

대답할 수 있을 리가 없다.

그럼에도 무표정의 얼굴은 마치 대답하는 것처럼 느껴졌다.

무료하고 심심한 시간을 보냈다고. 그래서 기다렸다고 말하는 것처럼 느껴졌다.

상준이 아는 상운은 씩씩하다가도 한 번씩 칭얼대는 성격이었으니까. 상준은 입가에 미소를 띠운 채 말을 뱉었다.

"나, 해외 다녀왔어."

월드 투어 직전에는 눈코 뜰 새 없이 바빠서 상황을 일일이 전달해 주질 못했지만, 지금은 조금 여유가 생겼다. 상준은 상운의 옆에 앉아 천천히 이야기를 풀어나갔다.

미국 콘서트 티켓이 다 안 팔려서 걱정했던 이야기부터, 홍보 영상이 퍼지면서 남미에서 대박이 났던 이야기. 마지막으로 일본에서의 공포 체험 이야기까지.

"파란만장하지? 나 진짜 고생했다니깐."

상준은 피식 웃으며 작게 중얼거렸다.

"라틴 리믹스 한다고 머리 싸매고. 안무가 템포랑 안 맞아서 뒤늦게 수정하고."

상운 역시 작곡에 일가견이 있으니 그의 말을 알아들을 터였다. 이번 월드 투어를 위해 얼마나 고생했는지. 상준은 그 시간들을 회상하며 작게 중얼거렸다.

"장난 아니게 힘들었는데……."

말끝을 흐리며 허공을 천천히 올려다본다.

힘들었지만…….

"그래도 좋았어."

"……."

"재밌었고."

상준에게는 너무도 당연하고 바쁘게 흘러가는 일상의 한 조각일 뿐이지만, 상운에겐 그렇지 않을 터였다.

지금 그의 시간은 멈춰 버렸으니까.

어느덧 스무 살이 된 나이에도 여전히 눈을 뜨지 못한 상운이다. 세상으로 향하는 길목에서 한 걸음 뒤에 물러나 있는 상운에게, 어쩌면 상준의 이야기들은 일상이 아닌 바람일지도 몰랐다.

상준은 담담한 목소리로 말했다.

"너도 있었으면 좋았을 텐데."

자신이 무대에서 얼마나 열심히 뛰어다녔는지.

어떤 멋있는 퍼포먼스를 팬들에게 선보였는지.

직접 보여주고, 들려주고 싶은 일들이 참 많은데, 그러지 못하는 것이 너무도 안타까웠다.

"다음에도 또 찾아올게. 너무 뒷전인 거 같아서 미안하다."

진심 어린 미안함이었다.

한편으로는 죄책감이었고.

누워 있는 상운과 달리 자유롭게 꿈을 이뤄가고 있다는 것이 때로는 미안하게 느껴졌으니까.

저벅저벅.

상준은 병실을 뒤로하고선 씁쓸한 미소를 지었다.

"차도는… 괜찮아요."

자주 보는 의사 선생님이 담담한 목소리로 말을 뱉었다.

"아, 그런가요."

그래 봤자 의식이 없는 환자가 뭐가 그리 괜찮을까 싶긴 하지만.

그래도 좋은 쪽으로 나아지고 있다고 했다.

"요새는 엄청 안정적이고, 언제 깨어나도 이상하지 않을 거 같은데……. 여전히 누워 있네요."

"그러게요."

상준은 미소를 지으며 고개를 끄덕였다.

언제고 기다리고 있으니, 편하게 일어나길 바라는 마음으로.

상준은 상운이 있을 병실을 천천히 돌아보았다.

*　　　　*　　　　*

벌컥ㅡ.

상준은 숙소 문을 열어젖히며 감탄을 뱉었다.

새하얀 외관에 깔끔한 디자인. 널찍한 거실과 방까지.

다섯이 한데 모여 자던 방은 없어지고, 이제는 두 명과 셋으로 나눠서 잘 수 있었다.

"이야, 좋네."

지난번 사생 사건 이후로 JS 엔터에서 이것저것 준비하더니 결국 숙소를 옮기기로 결정이 났다. 현관 비밀번호만 바꾸는 것은 위험할 수 있다는 판단하에, 아예 숙소를 옮기게 된 것.

탑보이즈가 해외 투어를 나갔다 온 사이 준비된 선물에, 상준은 기분 좋은 미소를 지었다.

다른 멤버들은 지금쯤 집에서 쉬고 있을 테니, 숙소에 가장 먼저 입주하게 된 상준이다.

캐리어를 방에 내던져 놓고선 곡소리를 내었다.

"어후, 힘드네."

병원에만 다녀왔을 뿐인데 온몸이 쑤신다.

아마도 아직 시차 적응이 되지 않은 모양이었다.

상준은 새로운 숙소를 천천히 둘러보며 짐을 정리하기 시작했다.

"아, 여기는……."

여기저기 방을 살피던 상준의 걸음이 드레스 룸 앞에서 멈췄다.

전 숙소처럼 큰 거울이 마련되어 있는 드레스 룸이다.

"들어가 볼까."

상준은 주머니에 손을 찔러 넣은 채 미소를 지었다.

줄곧 멤버들이랑 함께 있었던 터라, 최근에는 재능 서고에도 들어가 보질 못했다.

'바쁘긴 했었지.'

저 안에만 들어가면 희한하게 마음이 편해진다. 마치 고향에 도착한 것처럼. 어쩌면 상준이 혼자 기댈 수 있는 장소가 그곳뿐이어서도 있겠지만…….

"애들도 안 오니까."

오늘은 정말 혼자만의 시간이다.

뒤늦게 들어올 동생 녀석들도 없으니 마음 편하게 책을 들어 올리는 상준.

망설임 없이 거울을 향해 책을 던진다.

위이잉―.

오랜만에 듣는 반가운 마찰음 소리.

상준은 웃으며 일렁이는 거울에 다가섰다.

위잉ㅡ.

거울 위를 일렁이는 파동이 끝나자마자, 상준은 재능 서고에 들어올 수 있었다.

펄럭이는 책들이 시선을 사로잡는 익숙한 풍경.

상준은 서고의 게시판 쪽으로 걸어갔다.

체화한 목록과 대여한 책이 적혀 있는 게시판.

상준은 게시판을 확인하고선 만족스러운 미소를 지었다.

신이 내린 목소리[체화]

신이 내린 가창력[체화]

유연한 댄싱 머신[체화]

무대의 포커페이스[체화]

연기 천재의 명연[체화]

악기의 마에스트로[체화]

위대한 언변술[체화]

열정 가득 요리 천재[체화]

절대자의 감각[체화]

"벌써 9개네."

꼬박꼬박 채우다 보니 무려 9개나 체화했다.

'10번째에는 뭐가 있으려나.'

체화된 재능의 개수에 따라 서고의 등급이 올랐으니, 괜한 기대감이 들었다. 나머지 재능 하나를 체화시켜 놓겠다는 짧은 계획을 세우고선 다시 뒤편으로 돌아서는 상준이다.

[허언의 달인].

"이런 쓸데없는 거 말고."

[물병 던지기의 천재].

[원 잘 그리는 미술가].

[삽질의 제왕—고급편].

"뭐가 좋을까."

오랜만에 왔으니 쓸 만한 재능들을 리스트에 올려놓겠다며 분주하게 움직이는 상준. 장바구니에 갖고 싶은 것들을 골라 담는 심정으로 일단 다 담아본다.

"이것도 좋아 보이네."

"이것도… 쓸 만한데."

혼잣말로 중얼거리며 천천히 서고 벽을 손으로 쓸어내려 가던 그때.

상준의 눈에 한 표식이 들어왔다.

"이건 뭐야?"

책장 옆면에 누가 파놓은 듯한 글씨.

의미를 알 수 없는 문구에 상준은 눈살을 찌푸렸다.

'원래 있었던가.'

구석에 있는 벽을 자세히 살펴보면서 다니지는 않았으니, 원래 있었다고 해도 몰랐을 터였다. 상준은 턱을 천천히 쓸어내리며 문구를 빤히 바라보았다.

[2—1]

그 밑에 있는 낙서는 더 의미심장했다.

[SOS]

"낙서인가?"
그게 아니면 구조 신호라도 되나.
"으음."
머리를 굴려봐도 딱히 생각나는 건 없다. 지난번에 귀신을 본
바람에 괜히 오싹해지기만 했을 뿐.
"뭐야, 무섭게."
상준은 시계를 내려다보며 작게 중얼거렸다.
필요한 책들은 충분히 리스트에 올려뒀고. 오늘 저녁에 슬슬
멤버들이 도착한다고 했으니, 마냥 여기에 있을 수는 없었다.
"슬슬 나가자."
멤버들 저녁도 미리 준비하고 있을 겸.
상준은 대수롭지 않게 고개를 돌리며 재능 서고를 나섰다.
그리고.
위이잉—.
상준이 떠난 자리에 홈이 파인 글자가 은은하게 빛났다.

*　　　　*　　　　*

일주일의 휴식 기간은 빠르게도 흘러갔다. 모처럼 만의 휴식이 끝나자마자 가장 먼저 찾아온 스케줄은 뜻밖이었다.

"와."

곽성수 감독의 영화가 개봉한다는 소식.

상반기 내내 영화 촬영에 매달렸던 선우를 위한 경사이기도 했다.

"야, 너 왜 이걸 미리 말 안 했어."

시사회 현장에 찾아가는 동안, 상준은 두 눈을 끔뻑이며 옆에 앉은 선우를 타박했다. 영화 개봉을 앞두고 있다는 건 알았지만 시사회 일정은 며칠 전에야 들을 수 있었다.

"미리 말 좀 하지."

송준희 매니저는 알고 있었던 것 같지만, 줄곧 비밀을 지켜준 모양이었다.

"맞아. 이걸 왜 말 안 하냐. 형은 우리가 잡아먹는 줄 아나 봐."

"씹어먹긴 하지."

"그건… 그렇지."

분명 영화를 보면서 씹고 뜯고 맛보고 즐길 게 뻔한 얼굴들이긴 하다. 물론 정확히 그 이유 때문에 숨긴 것은 아니었지만.

"후."

선우는 긴장한 기색으로 침을 삼켰다.

"사실 망할까 봐 말 못 했지. 긴장돼서 죽을 거 같거든."

"편하게 생각하라니깐."

상준은 피식 웃으며 차의 뒷자석에 머리를 기댔다.

저리 긴장하는 것이 이해가 가지 않는 건 아니었지만…….

그럴 필요가 있나?

'알아서 잘했겠지.'

얼마나 열심히 준비했는지 옆에서 봐왔기에 선우를 믿었다. 송준희 매니저 역시 같은 생각을 한 모양이었다.

"맞아. 너무 걱정하지 말고. 떨지만 마. 영화는 잘될 거니까."

끼이익.

주차장에 차를 세워놓은 송준희 매니저가 뒤를 돌며 말했다.

"자, 다들 내리고!"

"네에."

"크으, 선우 형을 스크린에서……. 미쳤다."

부끄러운지 빨개진 얼굴로 서 있는 선우와 이때다 싶어서 신나게 놀리는 멤버들.

"우리 형이 영화에 출연했……."

"조용히! 제발, 나 부끄러우니까."

영화관 밖에서부터 잔뜩 신이 난 제현의 입을 틀어막고선, 멤버들은 조용히 시사회장으로 발을 내디뎠다.

깊게 모자를 눌러쓴 탓인지 사람들의 시선도 쏠리지 않았다. 여느 관객처럼 조용히 시사회장에 착석하는 멤버들.

"잘 다녀와."

"아, 죽을 맛이다."

"파이팅! 영화 속 모든 장면을 기억했다가 놀려줄게!"

"망할, 차도영. 저거 진짜……!"

대기실 쪽으로 향하는 선우에게 격하게 인사를 건네자마자, 두 눈을 반짝이기 시작하는 도영이다.

"아, 너무 기대된다."

"선우가 영화 촬영한 게?"

"좀 확실하게 놀릴 만한 장면은 없을까."

정말 너무 훈훈하다. 가슴이 따뜻해지는 도영의 멘트에 상준은 피식 웃음을 터뜨렸다.

"곽성수 감독 영화……."

그동안 그의 영화를 즐겨 본 입장으로서는 확신할 수 있었다. 탄탄한 짜임새로 이야기를 이끌어가는 힘이 있는 감독이라고. 카메라의 구도부터 시작해서 스토리를 담아내는 방식까지. 괜히 믿고 보는 감독이라는 소리를 듣는 게 아니었다.

시놉시스도 그랬다.

'이게 시놉이야?'

몇 번 드라마 촬영을 해본 상준의 시선으로는 꼭 붙잡아야 할 것만 같은 대본이었다. 거기에 선우의 연기력이 더해졌으니…….

'잘됐으면 좋겠네.'

상준은 흐릿한 미소를 지으며 스크린을 올려다보았다.

영화관을 이렇게 오는 것도 연예인이 되고 나서는 정말 오랜만이다.

몇 개의 광고가 스쳐 가고.

달칵.

이내 어두워진 시사회장.

"이제 시작한다."

도영의 작은 목소리와 함께.

"와······."

웅장한 색감의 영상이 스크린을 가득 채웠다.

＊　　　　＊　　　　＊

역시 곽성수 감독이다.

영화의 첫 번째 씬이 시작함과 동시에 상준은 직감했다.

"와."

어떻게 이런 연출을······.

입이 떡 벌어질 정도의 연출이다.

살인자가 될 뻔한 주인공의 누명을 벗기기 위해 2시간 반을 쉬지 않고 달려가는 스토리. 추리 스릴러라는 작품의 소개대로 잠시도 숨을 돌릴 틈이 없었다.

'미쳤다.'

몰입감이 장난이 아니었다. 상준은 입을 떡 벌린 채 멍하니 화면에 빠져들었다.

―거기, 어디 가!

―이거 안 봐? 비키라고.

살벌한 눈빛으로 주인공을 노려보는 선우.

평상시의 순한 성격은 어디로 가고 지금은 배역 그 자체의 모습이 되어 있었다.

선우의 냉랭한 표정을 카메라가 완벽하게 담아낸다.

실제 사건 현장에 도착한 듯한 생생함에 상준은 감탄을 터뜨렸다.

옆에 앉은 도영도 작은 목소리로 중얼거렸다.

"와, 선우 형. 진짜 연기 잘한다."

"내 말이."

상준은 고개를 끄덕이며 피식 웃음을 흘렸다. 역시 예상대로다.

아마 이 영화가 개봉하고 나면 연기돌이라는 수식어가 붙을지도 모르겠다.

그간의 경험에 비해서 놀라울 정도로 잘해냈다.

연기 수업에 열정 있게 매달린 결과겠지만, 괜히 상준이 뿌듯해졌다. 상준은 옆에는 들리지 않을 정도의 작은 목소리로 속삭였다.

"신기하지 않냐."

"뭐가."

"스크린에서 선우 보는 거."

맨날 생닭이나 날릴 줄 알았지, 저렇게 연기를 잘할 줄이야.

도영은 두 눈을 반짝이며 고개를 끄덕였다.

그때였다.

그런 도영의 시선을 사로잡는 장면이 등장한 것은.

―지우야, 통닭 왔는데 먹을 거냐?

―관심 없는데요.

선우는 의자를 발로 툭 차며 팔짱을 꼈다. 언제나 싸늘하게 답하는 지우의 성격을 그대로 살려낸 연기.

문제는 그다음이었다.

—조금… 만 주면 좋을 것도 같고.

잠복 수사를 하는 탓에 며칠 굶었던 상태다. 그는 은근슬쩍 고개를 돌려 통닭을 확인했다.

그리고.

"저런."

말 그대로 허겁지겁 먹어대기 시작한다.

"저거… 혹시 활동 준비할 땐가?"

"저건 정말 배고파서 먹는 거 같은데……."

갑자기 영화의 장르가 먹방으로 바뀌는 듯한 기분. 미친 듯이 통닭 한 마리를 흡입하고선 아무렇지 않다는 듯 고개를 돌리는 선우의 능청스러운 연기. 관객들에게서 웃음이 터져 나왔다.

"푸흡."

선우가 지금 이걸 보고 있으려나.

'연기돌이 아니라 먹방돌이 될 거 같은데…….'

쿨럭.

상준은 헛기침을 하며 대기실 쪽을 돌아보았다. 이미 놀림감을 포착한 도영은 즐겁게 생글거리고 있다.

'앞으로 한동안 통닭만 먹자 해야지.'

역시 바람직한 마인드의 동생이다.

중간중간 선우의 현실 성격이 묻어나는 연기에 웃음이 터져 나왔지만, 상준의 시선은 금세 다른 곳으로 향했다.

조연이라고 말하기도 애매할 정도로 작은 배역이었지만.

순식간에 관객들의 관심을 끌어모을 만한 연기가 눈에 들어왔기 때문이었다.

김하운.

"뭐지……?"

쟤가 저렇게 잘했던가?

마지막으로 「흥부외과」를 찍었을 때도 몰랐는데…….

하운의 연기를 본 상준은 상당히 당황했다.

당장 주인공 배역을 맡고 있는 잔뼈 굵은 배우 앞에서도 밀리지 않을 정도의 연기력.

─궁금하시면 직접 물으시면 될 거 아니에요?

능청스럽게 웃어 보이며 휴대전화를 집어 던지는 하운.

스크린을 순식간에 장악하는 하운의 연기력에 관객석은 이내 조용해졌다.

─저인 거 같아요? 범인이?

껄렁껄렁한 옷차림으로 주머니에 손을 넣는 하운.

평상시의 하운과는 전혀 다른 이미지인데도…….

어울린다. 놀라울 정도로.

완전히 그 배역의 녹아들어 간 모습에, 상준은 두 눈을 끔뻑이며 스크린을 빤히 응시했다.

'저 사람, 이름 뭐지?'

'어디서 본 거 같은데…….'

사실 하운의 인지도는 바닥에 가까웠다. '마이픽'에서도 존재감이 확실한 편은 아니었으니. 그 뒤로 몇몇 작품에 출연하긴 했지만 관객들 눈에는 어디서 본 듯한 조연, 그 이상도 그 이하도 아니었다.

하지만, 오늘은 달랐다.

영화에 하운이 출연한 시간은 고작 후반의 10분, 그게 전부나 다름없었지만 존재감은 달랐다.

'미쳤네.'

이번이 마지막 기회라고 생각했을 하운.

진심으로 칼을 뽑은 듯한 의지가 스크린 너머로 전해졌다.

─그래서 어쩌라고. 할 수 있는 거 있어요, 나한테?

─…….

─그게 없다면 꺼지셔야 하는 거 아닌가.

하운은 살벌하게 웃으며 뒤편으로 물러섰다.

그것도 잠시. 살의로 변하는 눈빛. 그 찰나의 표정을 완전히 포착해서 영상에 담아낸 곽성수 감독.

그 장면을 입을 벌린 채 보던 상준은 직감했다.

'뜰 거 같다.'

저 녀석의 재능은 이쪽에 쏠려 있다는 것을.

　　　　*　　　　　*　　　　　*

ㅡ야, 이번에 곽성수 감독 영화 본 사람? 미쳤던데 폼
ㄴ잘하면 천만 찍는 거 아냐?
ㄴ다 필요없고 진짜 재있음
ㄴㄹㅇㅋㅋ
ㄴ하반기 명작 나왔네
ㅡ선우 통닭 사줄 온탑 모이셍
ㄴㅋㅋㅋㅋㅋㅋㅋㅋㅋㅋ
ㄴ아니, 왜 영화 끝났는데 선우 나온 장면 중에서 먹방만 떠오르는 거지?
ㄴ통닭 던지는 것만 보다가 먹는 거 보는 건 처음이네
ㄴ흑화 선우ㅋㅋㅋㅋㅋ
ㅡ근데 그……. 연기 잘하는 애 이름 뭐임?
ㄴ김하운?
ㄴ어, 맞네 얘
ㄴ연기 잘하는 애라고만 했는데 다 맞히네 ㅋㅋㅋㅋㅋ
ㄴㄹㅇ 연기 잘하던데
ㄴ임팩트 미쳤음 ㅇㅇ
ㄴ얘 뜰 거 같지 않냐?
ㄴ뜬다에 한 표다 나는

어느새 700만이 훌쩍 넘은 관객 수.

천만 관객이 가능할지는 아직 미지수지만, 현재 성적만으로는 이번 하반기의 대표 흥행작이 될 것으로 보였다.

다가오는 겨울을 한층 더 오싹하게 만들어줄 웰메이드 스릴러 영화. 영화를 보고 나온 사람들의 평가는 그랬다.

구조부터 장면을 담아내는 솜씨까지.

곽성수 감독의 영화이니 망하지 않을 거라 생각했지만 기대했던 것 이상이었다.

가장 눈에 띄었던 건 단연 하운이었다.

'이런 애가 있었나?'

영화를 보고 나온 사람들의 반응이 그랬다.

어디서 본 적이 있었나 싶었던 얼굴이었지만, 연기력 하나만으로 이젠 사람들의 시선을 사로잡았다.

"하운이 장난 아니지?"

선우 역시 웃으며 말을 던졌다.

"그렇더라. 캐스팅하겠다는 곳도 요새 쏟아지는 모양이던데."

사람들은 무명 배우에게 큰 관심이 없다.

관심이 없다는 건 기대도 없다는 의미였다.

존재했나 싶은 흐릿한 기대심으로 사람들의 눈을 사로잡는 건 결코 쉬운 일이 아니었다.

'그걸 해낸 거지.'

앞으로는 더 잘해낼 터였다. 재능도 있는 데다가 열심히 하는 친구니까. 상준은 뿌듯한 미소를 지으며 기사를 천천히 내렸다.

그때였다.

상준의 휴대전화가 짧게 진동했다.

띠링―.

"어?"

[김하운]

화면 상단에 익숙한 이름이 있었다.

"무슨 일이래. 바쁠 텐데."

요새는 탑보이즈보다도 더 바빠 보이는 하운이다. 상준은 의
아한 얼굴로 하운이 보내온 문자를 클릭했다.

[형]

[시간 돼요?]

"뭐래?"

"오, 대배우님이시네."

"크으, 하운이야?"

도영은 감탄하며 상준의 휴대전화를 빤히 내려다보았다. 지난
번 영화를 보고선 하운의 팬이 됐단다.

"전해줘. 나 팬이라고."

"나도, 나도."

신이 나서 달려드는 멤버들에 선우는 능청스레 타박을 던졌다.

같은 영화에 출연했는데 자기 얘기는 하나도 없는 거냐며 은
근히 서운하단다.

"야, 너네는 형 얘기는 없냐?"

"형 연기?"

"어."

"…통닭 잘 먹더라."

망할.

선우는 부들대며 되물었다.

"…통닭?"

"크으, 먹방선우. 역시 닭을 잘 먹더라."

"맞아. 형 혹시 닭띠야?"

"아닐걸? 맞나?"

이때다 싶어서 깐족대는 도영과 유찬.

선우는 파르르 떨리는 눈꺼풀로 주먹을 들었다.

"검은띠다, 이 자식들아."

선우의 살벌한 한마디와 함께.

이윽고, 연습실 내로 곡소리가 울려 퍼진다.

"통닭? 너는 할 말이 닭밖에 없어? 이 닭대가리야!"

"아아아악! 아니, 왜!"

"저리 가! 저리 가아악!"

저런.

실시간으로 흑화하고 있는 선우의 얼굴이 안 봐도 그려진다.

상준은 피식 웃으며 전화를 붙들었다.

하운의 해맑은 목소리가 수화기 너머로 들려왔다.

"시간은 왜? 네가 바쁘지 요새는."

—에이, 그렇게 바쁘지 않아요.

"무슨 일 있어?"

혹시 고민이라도 있나 싶어서 걱정했건만.

"그건 아니고……."

기분 좋은 소식이 들려왔다.

"밥 한번 사고 싶어서요."

*　　　*　　　*

'마이픽' 때부터 도움을 참 많이 받았다.

하운은 상준을 보며 항상 그렇게 생각했다. 흔들렸던 순간은 수없이 많았지만, 항상 자신을 붙들어준 사람이라고.

"저 사실 마이픽 때 고민 되게 많이 했어요."

처음에는 이 PD를 마냥 원망했다. 연예계에서 시작한 첫걸음부터 좌절을 안겨주었던 인간이었으니까. 자신감은 이미 바닥을 찍은 뒤였고, '마이픽'에서 얻을 수 있었던 건 몇 안 되는 팬들과 조금의 인지도뿐이라고 생각했었다.

하지만, 지금은 달랐다.

"저 연기 처음 시작했을 때, 진짜 형편없다고 생각했는데, 믿어준 사람이 형이잖아요."

상준을 만날 수 있었다는 것만으로, '마이픽'이 아주 조금은 고마워졌다. 하운은 피식 웃음을 흘리며 술 한 모금을 들이켰다.

"그때 저 기억나죠?"

"생생하지."

워낙에 자신감이 없었던 하운이었다. 어려서 그런 것도 있었지만, 자신의 실력을 너무 믿지 못했던 친구였다. 상준은 그때의 하운을 회상했다.

'마이픽 첫 방송부터 덜덜 떨었었던가.'

하운은 매콤한 제육덮밥을 입에 밀어 넣고선 고개를 끄덕였다. 마냥 막막해서 떨기만 했던 시절.

"그때도 형이 그랬잖아요. 하면 된다고."

'한 40번 정도만 반복하시면 돼요.'

'예……?'

'아……. 한 50번……?'

'…네?'

처음에는 완전히 또라이인 줄 알았는데…….

지금 생각해 보니 상준의 말이 다 맞았다.

같이 영화를 촬영했던 선우는 알았을 터였다.

하운이 얼마나 악착같이 이번 영화를 준비했는지.

결과적으로 이렇게 빛을 보게 되었고.

"덕분에 이렇게 됐네요."

"나 아니었어도 넌 분명 그렇게 했을 거야."

상준은 술 한 모금을 삼키며 담담하게 내뱉었다.

"아닐걸요."

하운은 웃으며 상준의 빈 잔을 채웠다.

"감사하다고 전해 드리려 했어요. 지금 안 하면 너무 늦을 거 같아서."

"아."

이렇게 신경 써서 찾아와 준 게 고맙긴 하지만⋯⋯.

어째 머쓱하다.

"크흠."

상준은 헛기침을 하며 화제를 돌렸다.

"그래서, 새로 들어온 대본들 중에 마음에 드는 거 있어?"

"다 마음에 들죠. 못 고를 정도로."

"아주 쏟아지지?"

"쏟아지진 않지만⋯⋯. 풍족한 정도?"

"크으, 솔직하네."

상준은 웃으며 엄지손가락을 치켜들었다. 저리 열심히 달렸던 녀석이 잘되니까 기분이 좋다.

상기된 얼굴로 잔을 부딪히던 순간.

위이잉―.

상준의 주머니가 다시 울리기 시작했다.

"어?"

두 눈을 끔뻑이며 휴대전화를 집어 드는 상준.

하운이 의아한 눈빛으로 상준에게 물었다.

"누구예요?"

"아."

수신인을 확인하니 익숙한 이름이 보인다.

상준은 피식 웃으며 자리에서 천천히 일어났다.

"있어. 너 말고 허구한 날 고맙다고 말하는 사람."

그리고.

―선배님! 선배님!

전화를 받자마자 명랑한 목소리가 귓가를 때렸다.

*　　　　　*　　　　　*

전화를 걸어왔던 건 시은이었다.

상준이 JS 엔터 연습실 문을 열자마자 폴짝폴짝 뛰어오는 익숙한 얼굴들. 상준은 반가움에 미소를 지으며 손을 흔들었다.

JS 엔터의 여자 데뷔조 친구들.

한서영, 유다경, 이한비. 그리고 메인보컬 시은이 서 있었다.

"왜 부른 거야?"

너무도 간절하게 불러대는 통에 날이 밝자마자 찾아왔다. 요새는 스케줄이 비교적 한가한 시기기도 하고, 도울 일이 있다면 돕고 싶었다.

"아, 그게……."

시은이 숨을 헐떡이며 말했다.

"저희가 진짜 요새 연습 장난 아니게 빡세거든요."

굳이 말하지 않아도 알 거 같다. 이미 다들 반쯤 죽어 있는 듯한 기색. 상준은 담담한 표정으로 고개를 끄덕였다.

"어, 그래 보이네."

"저희 데뷔 평가거든요."

헉.

이건 예상 못 했다.

상준은 충격받은 얼굴로 두 눈을 끔뻑였다.

'형, 우리 데뷔 평가 막판에 들어왔잖아.'

'그랬지.'

'그 전에 어땠는지 알아?'

이따금씩 유찬에게 데뷔 평가 이야기를 전해 듣긴 했었다.

'와, 나는 진짜 죽는 줄 알았어.'

'맞아. 죽은 뒤에 데뷔하는 건가? 이 생각했다니깐.'

'심지어 두 번이나 떨어졌거든.'

상준의 경우 마지막 데뷔 평가 때 들어온 덕에 힘든 과정이 비교적 짧은 편이었다.

재능의 힘 덕에 한결 더 수월했을지도 모르고.

하지만, 탑보이즈 멤버들에게 들었던 데뷔 평가의 이미지는 결코 그렇지 않았다.

상준이 실제로 봐왔던 바도 그랬다.

JS 엔터의 데뷔 평가가 그렇게 죽을 맛이라던가.

"이미 한 번 떨어졌거든요."

"맙소사."

"아, 진짜 죽을 거 같아요."

탑보이즈 동생들과 말하는 게 크게 다르지 않다.

서영은 풀이 죽은 얼굴로 작게 중얼거렸다.

"아, 엄마 보고 싶다."

JS 엔터에서 준비하는 오랜만의 걸 그룹인 만큼 데뷔 평가가 엄청 빡세게 진행된다는 소리는 전해 들었다. 데뷔조를 지키기 위해서 월말 평가를 힘겹게 버텨왔는데도 아직 데뷔까지는 큰 산이 남아 있는 상태다.

"일단 한번 보자."

상준은 먼저 데뷔조의 전력을 체크하기로 했다. 첫 번째 데뷔 평가 때 재평가가 떴다면 그 이유가 있을 터였다.

"춤 선이 조금 딱딱하대요."

"그래?"

보면 알겠지.

상준은 고개를 끄덕이며 예리한 눈길로 시은을 바라보았다.

두두둥.

밝은 템포의 음악이 시작하자마자, 상준의 눈길은 서영에게 쏠렸다.

'많이 늘었는데.'

예전에 죽을 소리를 했던 서영은 어디로 가고. 지금은 금방이라도 데뷔시켜도 될 것 같은 걸 그룹 멤버가 서 있었다.

신나는 곡의 멜로디를 따라 웃으며 무대를 선보이는 후배들.

상준은 고개를 까닥이며 노래의 리듬을 따라갔다.

'잘한다.'

첫 번째 평가 때 탈락이 아니라 재평가의 기회를 준 것도 이 때문이었을 것이다. 사실 춤 그 자체로는 크게 흠잡을 데가 없었다.

"흐음."

동선도 딱딱 맞는 데다가 준비한 티가 난다.

표정 관리도 신인치고는 제법이고.

'춤 선이 딱딱하다고?'

하지만, 평가에서 그런 말이 나온 이유는 알 거 같았다.

무대를 전혀 즐기질 못하고 있다. 웃고는 있는데 억지로 웃는 거 같은 느낌이 난다고 해야 할까.

"좋다."

무대가 끝나자마자 상준은 웃으며 말을 뱉었다.

"노래도 잘 부르고, 춤도 잘 추네."

"진짜요?"

"빈말은 안 해."

기가 죽어 있는 거 같은 애들의 기를 좀 살려주고.

'춤 선이라.'

이제는 해결책을 내놓아야 한다.

상준은 턱을 쓸어내리며 잠시 고민했다.

사실 걸 그룹과 보이 그룹의 춤은 스타일이 꽤 다르다. 같은 춤이라고 해도 살려야 하는 포인트도 다르고. 한참을 고민한 끝에, 상준은 자신이 고민할 문제는 아님을 직감했다.

"그러지 말고."

"네."

모두의 시선이 자신에게 쏠린다.

상준은 휴대전화를 꺼내 들며 짧게 문자를 보냈다.

[SOS]

도움을 청할 사람이 생겼다.

"이 분야의 전문가한테 물어볼게."

"전… 문가요?"

"누군데요?"

시은과 서영의 눈빛이 동시에 반짝였다.

*　　　　*　　　　*

"안녕하세요!"

"허억."

JS 엔터의 데뷔조 친구들을 경악하게 만든 전문가는…….

"유플라이 아린이라고 해요."

"와, 연예인이다!"

"꺄아아악!"

저기, 나도 연예인인데…….

상준은 머리를 긁적이며 피식 웃었다. 무명 아이돌로 시작해서 열심히 인기를 쌓아갔던 유플라이니만큼, 신인 걸 그룹들의 우상이나 다름없었다.

그래 봤자 아린도 신인에 불과했지만.

하지만, 상준이 아린을 부른 이유도 바로 그래서였다.

신인이니까.

"기억 생생하죠?"

"그럼요. 데뷔 평가 때… 와우, 진짜 내가 데뷔할까 싶었는데."

하다못해 과외 할 때만 해도 졸업반이 더 잘 가르친다는 게 학부모들의 일반적인 생각이지만, 사실은 그렇지 않다.

그게 비록 전공이라고 해도.

실제로는 갓 수능을 끝낸 파릇파릇한 1학년이 가장 머리가
잘 돌아가는 법.

데뷔 평가도 그랬다. 10년 차 아이돌을 부른들 현재 데뷔 평
가에 대해 아는 게 있을 리가. 아린은 상준보다도 데뷔가 늦었으
니, 데뷔 평가에 대해선 아직 빠삭했다.

"한번 볼까요?"

무대를 본 뒤의 아린의 감상은 상준과 비슷했다.

"잘 추기는 하는데… 너무 힘이 들어간 거 같은데요?"

"아, 그래요?"

사실 연습생이 이렇게 연예인을 만나는 것이 그리 흔한 경우
는 아니다. 이렇게 직접 수업을 해주는 건 더더욱 그럴 테고.

너무도 감사한 기회다. 시은은 두 눈을 반짝이며 아린이 말하
는 모든 것을 스펀지처럼 빨아들일 기세였다.

"지금 이 파트에서 보면, 약간 기분 좋아서 웃는 거 같지 않단
말이에요. 이 노래 무슨 분위기인지 알죠? 노래 제목도 행복이잖
아요. 행복하게 불러야죠."

"그쵸."

"자자, 너무 긴장들 하지 말고. 괜히 의식하지도 말고. 편하게
즐기면서 불러볼래요?"

그 외에 사소한 디테일들도 아낌없이 알려주는 아린이다.

"체스트 보이스로 부를 수 있으면 더 좋을 거 같은데."

"소리가 잘 안 들려요?"

"살짝 묻히긴 해요."

같은 메인보컬이다 보니 통하는 구석이 있다. 시은은 고개를 격하게 끄덕이며 아린의 말을 주워 담았다.

"이렇게 하면 돼요?"

보기 좋네.

상준은 팔짱을 낀 채 고개를 끄덕였다.

역시 전문가다. 아린을 데려오길 잘했다는 생각이 들었다.

천성 자체가 남을 도와주길 좋아하는 애라서, 진심으로 애들을 대하고 있었다.

'나중에 밥이라도 사야겠네.'

자기 엔터 친구들도 아닌데 저렇게까지 해주는 것이 고마웠다.

그럼에도 아린이 정성을 다해서 봐주는 데는 이유가 있었다.

"데뷔 평가… 힘들잖아요."

동병상련의 이유.

아린은 피식 웃으며 훨씬 실력이 오른 친구들을 흐뭇하게 바라보았다.

"어때요?"

"훨씬 나아요! 최고다, 최고."

아린은 엄지 손가락을 치켜세우며 해맑게 웃었다.

"데뷔 평가라……."

데뷔는 출발점에 불과하다. 그건 이미 데뷔해 본 상준과 아린이 몸소 깨달은 바였다.

아무것도 없는 무에서 조금의 관심이라도 끌어내기 위해 얼마나 애타게 달려왔는지 생생하게 기억하니까.

데뷔하기 위해 좁은 바늘구멍을 통과했다면, 이젠 드넓은 쌀

포대 속에서 자신의 존재감을 드러내야 할 차례였다. 뒤돌아서 보면 고작 그 정도의 의미를 가지고 있는 게 데뷔였지만…….

'저 친구들은 아니지.'

얼마나 절실할지 알았다.

그래서 도와주는 거였다.

진심으로 데뷔하길 바랐으니까.

"다들 파이팅."

"데뷔 평가 부숴 버리고 오자!"

"와아아악! 파이팅!"

연습실 안으로 패기 넘치는 이들의 함성 소리가 울려 퍼졌다.

*   *   *

데뷔 평가 당일.

평상시에는 해맑게 웃어대던 서영도 오늘만큼은 잔뜩 긴장한 기색이었다.

"후우."

떨지 말고 보여줄 수 있는 걸 모두 보여주라고.

아린이 그렇게 말했음에도 떨리는 건 어쩔 수 없었다.

서영은 심호흡을 하며 무대를 준비했다.

그리고.

"시작할까?"

마침내 데뷔 평가가 시작됐다.

무너지는 거 같은 기분 알아?
도망치고 싶을 때는?

이미 한 번 떨어진 경험이 있어서인지, 그때 지적받았던 것들이 자꾸만 머릿속을 스쳤다. 같은 실수를 반복하지 말아야겠다는 생각들도 강박감처럼 서영을 사로잡았다.

그때.

Far away 자유롭게 도망치고 싶어
나도 이 세상을 즐기고 싶어

아린이 해줬던 말이 서영의 머릿속을 스쳤다.
아린의 말

'즐기자.'

한 번뿐인 데뷔 평가다.
15시간 동안 쉬지 않고 안무 수업을 이어갔던 나날들이 떠올랐다.
조금 더 연습하면 죽겠다 싶을 정도로 힘들었던 기억들이었지만.
그 기억들이 지금은 보탬이 되는 순간이었다.
'못 할 게 뭐 있어?'
그렇게 열심히 했는데.
서영은 웃으며 앞으로 튀어나왔다.

Out of the dark
나는 지금 행복한 걸

심사 위원단을 똑바로 바라보는 눈길. 그중에는 JS 엔터의 최태형 대표도 있었다.

"오호."

눈빛이 장난 아니다. 무대를 한 번 씹어먹을 듯한 서영의 눈길과, 은은한 춤 선으로 시선을 사로잡는 한비.

마지막으로.

"와, 노래 진짜 잘하는데."

"원래도 잘하는 걸로 유명하긴 하잖아요."

"우진이 누나였나?"

"그럴걸요."

작은 목소리로 속삭이는 심사 위원들.

그들의 입에서 감탄이 튀어나오게 할 정도로.

눈부신 햇살도
푸르른 바닷가도
사실 다 내 거 같잖아

시은의 보컬은 완벽했다. 지금 당장 데뷔해도 될 것 같은 탄탄한 보컬. 가창력은 원래도 뛰어났지만 사람들을 잡아끄는 목소리는 오늘따라 유난히 매력적이었다.

아무도 막지 않는걸
난 달려갈 거야
네가 없는 곳으로

이번에는 정말 흠잡을 데가 없다.

최태형 대표는 인정할 수밖에 없었다.

"장난 아닌데."

탑보이즈를 처음 봤던 그 순간을 떠올렸다.

상준의 열정 넘기는 눈길과 여유로워 보이던 표정연기까지.

그땐 그리도 감탄했었는데…….

눈앞의 아이들은 그때의 상준과 닮아 있었다.

'일단 부딪혀 봐야지.'

갓 데뷔한 신인에게 완벽한 무대 매너를 바라진 않는다. 그건 경험함으로써 쌓는 것이니까. 신인이기에 어설픈 구석이 있는 것은 당연하다.

그렇게 모두가 성장해 가는 것이니.

대신, 자신감만 있어도 반은 먹고 들어간다.

이 무대를 완벽히 해낼 거라는, 그리고 해냈다는 자신감.

Out of the dark
나는 지금 행복한 걸

네 명의 얼굴에는 그런 자신감이 서려 있었다.

"감사합니다! 열심히 했습니다!"

"잘 부탁드립니다!"

온 힘을 쏟아부은 그들의 무대가 끝났을 때.

짝짝짝.

최태형 대표는 박수를 치며 일어났다.

이 무대에 대한 감상은······.

"······."

모두가 침을 삼키며 최태형 대표를 바라보는 순간.

그의 입에서 기적적인 한마디가 튀어나왔다.

"데뷔해도 되겠다."

그리고.

그와 동시에.

"엄마, 나 데뷔해!"

"꺄아아아악!"

"으어어엉··· 엉······."

"아니, 얘는 왜 울어."

시은은 통곡의 눈물을 쏟아냈다.

"으어어··· 나도 데뷔해······."

'뭐, 뭐지?'

눈물바다가 된 연습실 앞에서.

기립 박수를 치고 있던 최태형 대표는 당황한 얼굴로 두 눈을 끔뻑였다.

다소 당황스럽긴 하지만······.

지금은 이 축제를 즐기자.

"와아아아악!"
이렇게 또 하나의 신인이.
JS 엔터에서 탄생하는 순간이었다.

*　　　　　*　　　　　*

「JS 엔터 신인 걸 그룹 출격 12월 2일 데뷔」
「JS 엔터 신인 마이데이, 탑보이즈 이어 완성형 아이돌 탄생하나」
「마이데이 신곡 '비밀'로 정식 데뷔, 차트 인」

─오 얘네가 걔네 아니야? 몇 아는 얼굴 있는데?
 ㄴ시은이가 우진 누나 아님? 그 천재 프로듀서
 ㄴ아 JS 엔터 프로듀싱 하는 애?
 ㄴㅇㅇ 맞음
 ㄴ그때 버스킹 무대 봤었는데
 ㄴㄷㄷ 확실히 잘 부르네
─다른 애들도 전반적으로 다 잘하는데?
 ㄴㅇㅇ 뭔가 믿고 들을 수 있을 거 같은 느낌
 ㄴ노래도 좋네
 ㄴ먼가… 팬이 될 거 같아요…….
─비주얼도 미쳤고 뮤비도 미쳤네
 ㄴJS 돈 썼넹
 ㄴㅋㅋㅋㅋㅋㅋㅋㅋㅋㅋ
 ㄴ헐 탑보이즈 애들이… 벌써 선배가 되어버린 거임?

ㄴㄷㄷㄷㄷ

ㄴ아아아아 안 돼!!!

ㄴ우리 애들은 ㅠㅠ 최강 신인이었는데……! 왜 벌써 2년 차 선
배가 된 거쥬

ㄴ세월 참 빠르다

"세월 참 빠르네."

상준은 댓글에 공감하며 고개를 끄덕였다. 송준희 매니저는
피식 웃으며 물 한 병을 건넸다.

데뷔 평가가 엊그제 같은데, 착실하게 데뷔 준비를 마친 녀석
들이 드디어 데뷔하게 되다니. 그 과정을 옆에서 지켜봐 온 상준
은 뭉클해지는 기분이 들었다.

'실장님도 이러셨으려나.'

처음으로 후배가 생긴다.

그 후배의 데뷔 무대를 직접 지켜보게 될 줄이야.

마이데이라는 팀명으로 데뷔 준비를 마친 4인조 걸 그룹.

대기실에서 들어서자마자, 저 멀찍이서 서영이 긴장한 얼굴로
달려왔다.

"아아아아악!"

"…무서워라."

돌진하는 속도가 장난이 아닌데.

상준은 오른편으로 재빠르게 비켜서며 두 눈을 끔뻑였다.

서영은 상기된 얼굴로 말을 정신없이 쏟아내기 시작했다.

"선배님, 저 진짜 떨려서 미칠 거 같아요. 아니, 어쩌면 저 이

미 미친 거 같기도 해요. 혹시 지금 이게 꿈은 아닐까요. 알고 보
니 제가 깊은 잠에 빠져 있고 외계인이……."

"왜 이러세요."

"아악, 선배님!"

옆에서 그나마 정신을 차리고 있던 시은이 서영의 목덜미를
잡았다.

"아악! 왜!"

"저런."

송준희 매니저는 뒤에서 혀를 내두르며 흥미진진하게 지켜보
고 있었다. 상준은 두 눈을 반짝이며 발버둥치는 서영을 내려다
보았다.

"어떻게 알았어."

"네?"

"꿈인 거."

상준의 한마디에 기겁하며 멈춰 서는 서영.

놀리려고 한 말인데 제법 진지하게 제 볼을 꼬집어보고 있다.

"아, 아프잖아요!"

"아니, 그러면 아프지. 꿈이어도 아파, 요새는. 기술이 발전
해……."

어째 바라보는 눈빛이 살벌하다. 상준은 서영의 눈을 피하며
말끝을 흐렸다.

"…아니야. 그냥 21세기니까."

"그건 선배가 20세기에 태어나서……."

"말이 너무 심하네."

상준은 헛기침을 하고선 물 한 모금을 삼켰다. 너무 놀려주는 것도 그러니, 선배 같은 말을 좀 건네 보자. 상준은 그간의 경험을 회상하며 짧게 말문을 열었다.

"아마 무대 위로 올라가면 많이 떨릴 거야."

"헉, 혹시 팁이 있나요."

지난 1년 반이 넘는 시간 동안 무대는 쉼 없이 뛰어본 탑보이즈다. 작은 무대부터 시작해서 세계 무대까지. 무대 경험이 많은 선배의 조언을 들어보고 싶었는지, 이번에는 한비가 물어왔다.

"저도 궁금한데."

벌써부터 냉랭한 분위기라며 인기를 모으고 있는 한비다.

서영과 시은처럼 쾌활하게 달려오진 않지만, 저렇게 적극적으로 나서는 걸 보니 못내 궁금했던 모양이었다.

"그건……."

"네!"

"뭐죠."

상준은 뻔뻔한 얼굴로 고개를 끄덕였다.

"그냥 떨면 돼."

"아, 진짜."

후다닥.

말이 끝나기가 무섭게 자리를 뜨려는 상준.

"다들 파이팅!"

파이팅 넘치게 손을 흔들어주다가 시은의 손길에 붙들리고 말았다.

상준은 그제야 담담한 목소리로 쓸 만한 이야기를 전했다.

"카메라가 정신없이 움직일 건데, 연습한 대로······."

카메라를 응시하는 법부터 표정을 관리하는 것까지.

인이어가 빠졌을 때의 대처법도 하나하나 알려주는 상준이다.

워낙에 무대에서 사건 사고가 많았다. 스펙터클 그 자체인 연예계 생활을 보내온 상준이다 보니, 막상 꺼낼 말들이 많았다.

사실 크게 필요한 것들은 아니었다.

무대를 잘하는 법은 수많은 무대를 경험해 보는 것, 그것뿐이었으니까.

그럼에도 심심풀이에 불과한 이 이야기들을 꺼내는 건······.

그저 긴장하고 있는 이 친구들의 기를 조금이라도 세워주고 싶었을 뿐이었다. 상준은 대수롭지 않은 얼굴로 말을 뱉었다.

"누구나 다 떨어."

"그렇죠······."

"그러니까. 그냥 떤다고 생각하고 올라가면 돼."

"와."

신인을 상대하는 건 이런 것이 즐겁다.

한마디 한마디 할 때마다 저리도 두 눈을 반짝이고 있으니.

상준은 빤히 바라보는 눈길이 부담스러워서 시선을 피했다.

"너네 아직 인사 안 돌았지?"

"네."

"저희 이제 슬슬 가야 해요!"

시은은 떨리는 손을 모으고선 심호흡을 했다.

갓 데뷔한 신인이니만큼 대기실을 한 번씩 돌아야 하는데, 막상 말로만 듣던 이야기를 해보려니 영 떨리는 모양이었다.

상준 역시 처음 인사를 돌았을 때 비슷한 심정이었다. 하늘 같은 선배들만 있으니 어찌나 떨렸던지. 상준은 자리에서 몸을 일으키며 담담하게 뱉었다.

"같이 갈까?"

단체로 두 눈을 동그랗게 뜨는 멤버들.

"진짜요?"

상준도 아직 이 바닥에서는 신인에 불과했지만, 옆에 있어주는 것만으로도 든든한 힘이 되어줄 것이 분명했다. 서영은 흥분한 얼굴로 고개를 열심히 끄덕였다.

"제발."

"아니, 무슨 제발까지."

거의 물가에 내놓은 병아리들 같다.

상준은 유치원 선생님이 된 기분으로 병아리들을 따라 나섰다.

"안녕하세요! 마이데이입니다!"

"잘 부탁드립니다, 감사합니다!"

잔뜩 굳은 표정으로 공식 인사를 선보이는 마이데이.

상준은 웃으며 마이데이를 따라 인사를 돌았다.

"아니, 여기는 웬일이야?"

"선배님, 컴백 축하드립니다."

"아, 회사 후배들이구나."

그렇게 대기실을 돌다 보니 아는 얼굴들도 몇몇 만났다.

강주원. 상준의 신인 시절 도움을 줬던 믿음직한 선배였다.

"MC 하는 건 몇 번 봤는데. 오늘은 후배들을 데려왔네."

"네, 어쩌다 보니. 그렇게 됐네요."

마이픽 때부터 엄청난 인연을 이어왔는데…….

오랜만에 솔로 가수로 다시 컴백을 하는 모양이었다.

강주원은 부드럽게 웃으며 경직되어 있는 후배들을 돌아보았다.

"아니, 왜들 긴장했어요."

"안녕하세요!"

서영은 그 앞에서 안녕하세요, 만 자동응답기처럼 쏟아내고 있다. 상준은 피식 웃으며 강주원에게 고개를 숙였다.

"잘 부탁드려요. 이번에 데뷔하는 후배들이라……."

"기사 봤어. 성적도 좋던데?"

무려 데뷔앨범 차트 인이다.

데뷔 전부터 JS 엔터의 폭풍 영업이 통한 모양인지 앨범은 나름 잘되어 가고 있었다.

이 이상의 인지도를 올리는 건 앞으로의 몫이지만.

강주원은 훈훈한 미소를 지으며 응원의 말을 건넸다.

"앞으로 자주 보게 될 거 같은데."

"감사합니다!"

"열심히 하겠습니다!"

곧이어 튀어나오는 대답. 강주원은 옆에 편하게 서 있는 상준을 보고선 웃음을 터뜨렸다.

"거의 너 처음 나왔을 때 보는 느낌인데."

"제가 저랬어요?'

"저러긴 했어……."

믿을 수 없다.

상준은 충격에 빠진 얼굴로 고개를 저었다.

그래도 나름 자신감 넘치는 모습오로 신인 시절을 보내왔다고 생각했는데…….

강주원은 너털웃음을 터뜨리며 확고하게 말을 짚었다.

"잘하는데 떨었어."

"세상에."

상준은 강주원을 따라 웃으며 마이데이를 돌아보았다.

"저는 이제 진짜 가봐야 해서요."

"진행하러 가야지."

"이따가 뵙겠습니다!"

"어어, 그래."

잔뜩 떨고 있는 병아리들이 걱정되긴 하지만.

상준은 부드럽게 웃으며 마지막으로 말을 건넸다.

"데뷔 무대 할 때 다시 보자."

*   *   *

"네, 뮤직월드 시청자 여러분! 안녕하세요!"

"와아아아! 오늘도 멋지고 귀여운 모습으로 돌아온 아린!"

"상준입니다!"

이제는 제법 진행도 잘한다.

해외를 나갔다 돌아와서 더 그런지는 몰라도, 조금씩 대본에서 벗어나는 상황이 생겨도 전혀 당황하지 않는 상준이었다.

물론 그렇다고 떨리지 않는다는 것은 아니었다.

오늘은 조금 다른 의미로 떨렸으니까.

'잘 준비하고 있으려나.'

강주원의 대기실 앞에서 덜덜 떨던 모습을 마지막으로 보고 왔으니 걱정이 되는 건 사실이었다. 워낙 열심히 하는 친구들이라 큰 실수는 없을 터였다. 하지만, 그들의 이름을 읊는 이 순간은 본인이 데뷔하는 것처럼 떨렸다.

"상준 씨, 데뷔하던 순간 기억하세요?"

사실 한 달에도 수없이 많은 그룹들이 데뷔를 한다.

음악방송에 서는 신인들은 그중에서도 소수지만, 그렇다고 해서 그 수가 적은 것도 아니었다.

이전에도 데뷔 무대를 소개한 적이 있었기에, 상준은 담담하게 고개를 끄덕였다.

"기억나죠. 엄청 떨리는데. 오늘은 저도 떨리네요."

"아니, 진짜 떨고 계시네요."

덜덜.

상준은 일부러 과장해서 떨고 있었다.

"꺄아아아!"

저편에서 스태프들이 소리 죽여 웃고 있는 모습이 보인다. 상준은 능청스럽게 웃으며 마이크를 쥐었다.

"제가 오늘! 왜 이렇게 떨고 있는지 아세요?"

"몰라요!"

"아니, 왜 몰라요."

아린은 턱을 천천히 쓸어내리며 고민하는 시늉을 해 보였다.

"헉, 저 알 거 같아요!"

"뭐죠?"

"혹시… 상준 씨가 다시 솔로로 데뷔하는……."

"그런 거 아니고요."

상준은 대본 카드를 치켜올리며 의미심장하게 말을 뱉었다.

"오늘은 제가 선배가 되는 날이거든요."

"설마!"

"네, 그거 맞아요."

"소속사 후배들이 데뷔하는군요."

상준은 해맑게 웃으며 카메라를 똑바로 응시했다.

"오늘 첫발을 떼는 마이데이의 '비밀' 무대."

"보러 가시죠!"

"와아아아악!"

팬들의 함성 소리와 함께 무대가 시작됐다.

라이브로 진행되는 데뷔 무대.

상준은 침을 삼키며 한 걸음 뒤로 물러섰다.

몽환적이고 맑은 신시사이저 음이 천천히 깔리고.

'시작한다.'

연습실에서 몇 번이고 봤던 마이데이의 데뷔곡이 울려 퍼졌다. 우진이 작곡해 줬던 곡이라, 상준도 듣자마자 이거다 싶었던 중독성 있는 노래.

시은의 보컬 음역대와도 딱 맞아떨어지는 찰떡같은 멜로디가 무대 위를 감동적으로 울렸다.

톡톡 튀는 멤버들의 분위기를 잘 남아낸 노래, 비밀.

이건 모두 비밀이야

너에게만 알려줄게

시은이 허공에 하트를 그리며 카메라를 똑바로 응시한다.
분명 라이브인데도 전혀 흠잡을 데가 없는 시은의 보컬 실력.

Tell me about your day
하루 종일 기다렸어

'나도 저랬던가.'
노래 가사 하나하나에 진심을 담고.
춤 선 하나하나에 혼을 싣는다.
멀리서 봐도 저 무대가 진심이라는 것쯤은 알 수 있었다.
가지고 있는 것들을 간절하게 모두 쏟아내는 무대.
'잘한다.'
후배라서가 아니라, 생판 모르는 사람이었어도 그렇게 생각했
을 터였다. 신인치고 너무도 대견하게 잘해내는 마이데이.
"와아아아악!"
한 편의 아름다운 무대가 끝났을 때.
"수고했다."
상준은 저도 모르게 감격에 찬 말을 뱉었다.

제3장

복수

"아니, 나 코앞에서 봤다니까."

—어땠어, 어땠어?

"잘하더만. 그것도 엄청."

후배 자랑은 끊이질 않는다. 상준은 상기된 목소리로 전화를 받으며 복도를 걸어갔다. 마이데이의 무대도 완벽하게 마무리됐고 오늘 진행에선 조금의 실수도 없었다.

"내가 다 뿌듯하더라고."

상준은 휴대전화를 고쳐 들며 속사포로 쏟아지는 도영의 말을 들었다. 상준 못지않게 잔뜩 흥분한 도영이다.

—형, 숙소 돌아와서 썰 좀 마저 풀어봐.

"방송은 봤어?"

—그건 당연히 봤지.

첫 후배다. 탑보이즈가 단체로 난리가 난 것도 이상한 일이
아니었다.

"나도 선배 됐다니까."

―선배!

수화기 너머로 중얼거리는 제현의 목소리도 들려온다.

상준은 피식 웃으며 고개를 숙였다. 선배도 선배지만, 엔터에
서 오랫동안 봐온 사이다 보니 더 잘됐으면 싶었다.

"숙소 도착할 쯤에 바로 연락할게."

―오케이! 오늘은 기념으로 치킨?

"…핑계가 아주 자연스러운데?"

상준은 만족스러운 얼굴로 작게 속삭였다.

"매니저님 몰래 넣어놔."

―최고네.

모처럼 만에 기분이 좋다. 요새는 일이 술술 풀리는 터라 걱
정이 하나도 없었다. 상준은 작게 콧노래를 흥얼거리며 대기실
로 향했다.

그런데.

'이건 또 뭐야.'

[나상준]

상준의 대기실 문 앞에서.

"여기는 왜……."

"어, 상준 씨."

전혀 달갑지 않은 얼굴이 기다리고 있었다.

＊　　　　＊　　　　＊

"아, 다름이 아니라."

"네, 말씀하세요."

분명 존대를 하고는 있지만, 말이 곱게 나오지는 않는다. 상준은 은근히 불편한 기색으로 남자의 말을 기다렸다.

「스타 토크쇼」의 서 PD.

그 뒤로 부딪힐 일이 없다고 믿었는데, 굳이 이곳까지 찾아올 거라고는 예상도 못 했다.

'하, 기분 좋았는데.'

이건 재를 뿌리는 수준이다.

상준은 「무대의 포커페이스」로 최대한 표정을 관리해 보려 했다.

서 PD는 능글맞은 표정으로 웃으며 입을 열었다.

"혹시 요새 스케줄 많나?"

"네. 많아요."

직설적인 상준의 말에 적잖이 당황한 기색이다.

상준은 입가에 미소를 띄우며 최대한 자연스레 덧붙였다.

"저희 싱글앨범 준비 중이라."

"아, 바쁘겠네."

"네, 그렇습니다."

"홍보도 필요하겠고."

이건 무슨 개수작일까.

상준은 인상을 찌푸리며 천천히 서 PD를 돌아보았다.

「스타 토크쇼」에서 탑보이즈를 악편 한 이후로 승승장구할 줄 알았던 서 PD는 그렇지 못했다. 임하경을 비롯한 출연진들이 사정상 몇 번 바뀌면서 고정 시청층이 떨어져 나가서였다.

'그게 타격이 컸긴 했던 거 같은데.'

거기다가 악편을 꺼리는 몇몇 소속사에서 출연을 고심하고 나섰다.

그 때문에 조금씩 기울고 있었던 「스타 토크쇼」는 완전히 하락 가도를 걸었다.

'결국 폐지됐었지.'

상준은 눈치로 서 PD가 온 이유를 알아챘다.

'새 프로그램 들어가나.'

그게 아니라면 이렇게 올 이유가 없었다.

악편 사건 탓에 이미지가 안 좋아진 것도 있을 테니, 이참에 살려보려는 목적일까.

지난 해외 투어 이후로 이런 식으로 접근해 온 PD들이 몇 있었다.

과거에는 마냥 신인으로 보고 무시해 오던 PD들이 적잖이 있었지만, 이제는 쉽게 그러질 못했다.

팬층이 한층 견고해진 데다가, 어떤 기준으로 봐도 확실히 잘나가고 있으니까.

"홍보요?"

흑심이 빤히 보이는데도 눈앞에서 엿을 못 날리는 건 다소 아쉽다.

'이 바닥 소문은 고려해야지.'

하지만, 그렇다고 전처럼 멍청히 당할 생각도 아니었다.

상준은 입가에 미소를 띤 채 서 PD의 말을 기다렸다.

그는 헛기침을 하며 감언이설을 늘어놓았다.

"아니, 요새 아주 잘나가기도 하고. 우리 측에서도 탐이 나서 말이야."

"아, 그러세요."

"혹시 예전 일 때문에 꺼려진다든가… 그러진 않지?"

이 인간이 이걸 말이라고 하나.

상준은 어색한 미소를 지으며 그를 빤히 바라보았다.

분명 입은 웃고 있는데…….

눈은 살벌하다.

서 PD는 두 눈을 끔뻑이며 상준의 시선을 피했다. 이쯤 되면 알아서 물러설 법도 한데, 저렇게 달려드는 이유는 하나일 터였다.

'많이 애가 타는구만.'

"이번에 기가 막힌 프로그램 하나 뽑았는데, 여기 출연해 주면 좋을 거 같아서. 아니, 우리가 편집 하나는 기가 막히게 해줄 수 있어. 홍보 위주로."

편집 하나는 기가 막히게 하긴 했었다.

너무 기가 막혀서 욕이 나올 뻔했지만.

상준은 생글거리며 고개를 끄덕였다.

"저야 좋죠."

"오, 그래?"

상준은 망설임 없이 답했다.

"근데 제가 선택권이 없거든요."

"…어?"

이럴 때는 비련의 주인공 행세를 좀 해줘야지.

"제가 신인이라서 그런 선택권이 하나도 없거든요."

"그……."

JS 엔터는 아티스트의 결정을 최대한 존중해 주는 편이었다. 하지만, 모든 소속사가 그런 것은 아니다. 인지도 없는 신인은 이것저것 떠밀려서 하라는 대로 하기만 하니까.

물론 탑보이즈가 그런 수준이 아니라는 건 알지만.

'쉽게 못 받아치겠지.'

심중일 뿐 확인할 방법은 없을 터다.

상준은 웃으며 다시 한번 말을 뱉었다.

"생각만, 해볼게요."

*   *   *

녹음실 내로 울려 퍼지는 청량한 멜로디.

드라이브하면서 듣기 딱 좋을 법한 노래가 부스 안에서 새어 나왔다.

"좋다. 후렴구만 다시 불러볼래?"

"마지막 파트요?"

"그래."

상준은 헤드셋을 낀 채 프로듀서의 조언을 하나씩 악보에 메모했다.

싱글앨범의 녹음 현장.

서 PD에게는 압박 삼아 했던 말이었지만 그게 현실이 되었다.

진짜 바쁘다. 바빠서 죽을 지경이다.

"아, 형. 녹음 끝나면 자도 되나?"

"안무 수업 있는데?"

"죽겠네."

유찬은 인상을 찌푸리며 좁은 의자에 드러누웠다.

"나 10분만 잔다……."

그러면 뭐 해. 상준은 녹음실 부스의 문을 연 채 유찬에게 손짓했다.

"네 차렌데?"

"아아악……."

서 PD의 제안을 거절한 지 벌써 일주일이 지났다. 지금쯤 슬슬 캐스팅에 열을 올릴 때인데 연락이 없어서 알아서 포기했거니 싶었다.

그런데.

녹음실 부스를 나서자마자 송준희 매니저가 건넨 말은 의외였다.

"서 피디님 연락 왔던데."

"연락이요?"

베짱도 두둑하다.

그쯤이면 얼굴에 철판이 아니라 콘크리트를 깔고 다니는 수준인데.

상준은 헛웃음을 치며 송준희 매니저에게 물었다.

"실장님은 뭐래요?"

"당연히 길길이 뛰시지. 양심 어디다 팔아먹었냐고."

그럴 만도 했다. 조승현 실장도 만만찮게 불의를 못 참는 성격이라.

본인 애들이 당했다면 결코 그냥 넘어가는 법이 없었다. 방송국의 피디만 아니었어도 진작에 가만두지 않았을 터였다. 송준희 매니저는 고개를 갸우뚱하며 상준을 바라보았다.

"근데 이상한 소리를 들어서."

"이상한 소리요?"

송준희 매니저의 말에 상준은 두 눈을 끔뻑이며 되물었다.

의아해 보이는 그의 눈빛에서 뒤늦게 의미를 알아챈 상준이다. 송준희 매니저는 마른침을 삼키며 말을 이었다.

"아니, 네가 생각해 본다고 했다면서."

"아."

혹시 흔들렸나 싶어서 걱정되었던 모양.

상준은 피식 웃으며 고개를 끄덕였다.

"생각만 해본댔잖아요."

"……."

뒤늦게 상준의 말을 이해한 송준희 매니저는 피식 웃음을 터뜨렸다.

"희망 고문이냐."

"정답인데요."

상준은 주머니에서 초콜릿 하나를 꺼내 입에 넣었다.

크으.

입안 가득 달달한 향이 퍼진다.

「스타 토크쇼」 때만 해도 그 인간 때문에 씁쓸한 맛을 맛봐야 했는데.

인생은 모르는 거다.

"남 놀리는 게 그렇게 달달할 줄이야."

부스럭.

상준은 초콜릿 한 알을 꺼내 들며 송준희 매니저에게 건넸다.

"드실래요?"

"…어."

송준희 매니저는 황당하다는 듯 뒤늦게 웃음을 터뜨렸다.

"장난 아니네."

"뭐가요?"

"아니, 처음에는 쩔쩔매던 녀석이."

늘 이런 일이 있으면 당하기만 했다. 할 수 있는 건 기껏해야 성장해서 큰코다치게 해주겠다는 다짐들뿐.

하지만, 이제는 아니다.

상준은 여유로운 눈길로 녹음실 부스에 들어간 도영을 바라보았다.

"이제 당하기만 할 때는 아니잖아요."

띠리링—.

타이밍 좋게 문자 알람이 울린다.

안 봐도 서 PD다.

상준은 혀를 내두르며 자리에서 벌떡 일어났다.

"피디님한테 전해주세요."

"뭘?"

"저 사생 때문에 전화번호 바꿨다고. 아마 당분간은 문명인으로 안 살 거라고도 전해주세요."

상준은 담담한 표정으로 다시 녹음실 부스로 향했다.

"자, 단체 녹음 들어갈게요."

"이쪽에 코러스 넣을까요?"

그딴 인간에게 시간을 쏟기엔 해야 할 일이 많았으므로.

전혀 동요하지 않고 열심히 음반 작업에 힘을 쏟고 있는 상준을 돌아보며, 송준희 매니저는 피식 웃음을 흘렸다.

"이 부분 조금 더 임팩트 있게 들어가면 좋을 거 같은데."

"도영아, 내가 여기서 음을 깔 테니까. 그냥 네가 고음으로 쳐도 되지 않아?"

"그렇게 할까?"

이제는 쉽게 흔들리지 않는다.

상준은 헤드셋을 내리며 속으로 다짐했다.

*　　　　　*　　　　　*

그로부터 이틀 후.

탑보이즈는 단체로 실장실에 모였다.

컴백 기념으로 예능 스케줄을 잡기 위해서였다.

"뭐예요?"

"와, 많네."

다들 상기된 얼굴로 스케줄을 확인하느라 정신이 없다.

리얼리티부터 토크쇼, 기존에 출연했었던 음악프로들까지.

도영은 신이 난 얼굴로 자료를 뒤지다 차갑게 식었다.

"이 인간은 왜 있어요."

서 PD.

익숙한 이름을 봐서인지 진절머리를 치는 도영이다.

조승현 실장은 깊은 한숨을 내쉬며 도영을 진정시켰다.

"걱정 마. 얼씬도 못 하게 할 거니까."

"열심히 기다리고 계실 건데, 뭐."

상준은 피식 웃으며 송준희 매니저를 돌아보았다.

상준의 말을 이해한 송준희 매니저는 신이 난 얼굴이었다.

"저 휴대전화 박살 났잖아요."

"어, 어제 내가 강물에 던져 버렸지."

송준희 매니저는 고개를 끄덕이며 상준의 말에 동감했다.

그러지 않아도 어제도 집요하게 연락이 온 모양이었다.

"내가 휴대전화 박살 냈다니까 욕하면서 끊던데."

"캐스팅 시기 놓쳤나."

"화나셨나 보네요."

도영은 깔깔대며 만족스러운 미소를 지었다.

그렇지 않아도 새로 들어올 패널을 구하는 게 그렇게 힘들단다.

"그 뒤로도 헛짓하다가 이미지 박살 난 모양이던데."

조승현 실장은 혀를 차며 상준을 돌아보았다.

서 PD는 알아서 삽질하라고 하고. 진짜 중요한 얘기는 따로 있었으니까.

"그래서 끌리는 거 있어?"

"네, 완전."

기왕 이렇게 된 김에 서 PD가 가장 싫어할 만한 루트가 뭘까.

상준은 의미심장한 표정으로 조 실장에게 물었다.

"서 PD 새 프로가 토요일 저녁 10시죠?"

"그렇지."

"그럼 이걸 할까요?"

상준은 망설임 없이 익숙한 이름을 짚었다.

「스타들의 레시피」.

상준의 첫 요리 예능프로그램이자, 좋은 추억이 서렸던 곳.

언제든지 돌아오길 바란다며 게스트로라도 다시 가보고 싶었던 곳이긴 했지만.

'타이밍마저 완벽하네.'

토요일 저녁 10시.

상준은 두 눈을 반짝이며 말을 뱉었다.

"첫 방송 맞춰 가면 딱일 거 같은데요?"

＊　　　　＊　　　　＊

그렇게 성사된 「스타들의 레시피」 방송.

넓어 보였던 스튜디오는 상준의 복귀에 한바탕 난리가 났다.

"다시 왔네."

「스타들의 레시피」 고정 출연 덕에 이제는 제법 요리돌로 거듭난 태헌이 상준을 반겼다. 그새 많이도 늘었는지 표정에서 여유가 흘러넘친다.

여기까지는 원래도 익숙한 얼굴들이긴 한데…….

"하운이도 오는 거였어?"

"잘 부탁드립니다!"

상준은 두 눈을 반짝이며 반대편에서 걸어온 하운을 빤히 바라보았다. 그러고 보니 어젯밤에 전해 들은 거 같긴 한데, 레시피를 연구하느라 온 정신이 쏠려 있었다.

"이렇게 한 팀이죠?"

임하경이 웃으며 고개를 끄덕였다.

"게스트도 오고, 오랜만에 상준이도 왔더니 분위기가 좋네."

"감사합니다."

상준은 웃어 보이며 고개를 돌렸다. 이런 예능프로가 낯선지 굳어 있는 하운이 눈에 들어왔기 때문이었다.

"둘은 초면이지?"

"그렇죠."

"반가워요."

사교성이 넘쳐흐르는 태헌도 오늘은 어색한 모양이었다. 입가에 미소를 띤 채 서로 인사를 주고받는 태헌과 하운.

"오늘도 팀전인가 보네."

"그러게. 심히 걱정스럽다."

이전에 태헌과 한 팀을 이루어 요리를 해봤으니 안다.

상준이 작게 중얼거린 말에 태헌은 억울하다는 듯이 받아쳤다.

"나는 이제 잘하거든? 친구는, 잘해요?"

하운에게 갑자기 향하는 질문.

'망했다.'

영화의 성공 이후로 섭외가 들어온 프로그램은 많았다.

하지만, 말주변이 있는 편도 아닌 데다가 낯을 많이 가리는 편인 하운이라 쉽게 결정할 수가 없었다.

그 와중에.

'상준이가 스타들의 레시피 출연한다는데. 거기 PD가 같은 날짜 게스트는 어떠냐던데.'

마이픽에서 둘을 좋게 봐왔던 작가 팀의 섭외에 마음이 동했다.

그래서 이렇게 한자리에 모인 것이었다.

예상치 못한 복병이 찾아왔지만 말이다.

하운은 손사래를 치며 상준에게 도움을 요청했다.

"저 할 줄 몰라요."

"아무것도?"

"하, 제가 좀 보여줘야겠네요."

하운의 말이 끝나기가 무섭게 선배의 포스를 보여주겠다며 오버하는 태헌이다.

"오늘의 주제는 해산물이에요. 해산물로 자유롭게 음식 한 상을 차려주시면 됩니다!"

이미 주제는 들어보고 왔다.

셰프의 한마디를 빠르게 흘려들으며 상준은 프라이팬을 꺼냈다.

"형, 여기 새우요."

다들 이미 각자의 레시피는 구상해 왔으니 선보이기만 하면 된다. 상준은 능숙하게 장갑을 꺼내 들었다.

그런데.

"형… 형!"

"아아아악!"

뭐야, 이건.

상준은 인상을 찌푸리며 뒤를 돌아보았다.

평상시에는 그리도 조용하게 제 할 일만 하던 하운이…….

"나… 새우랑 눈 마주쳤어……."

저러고 있을 줄은 몰랐다.

"저거 제현이가 하던 건데."

제현 못지않게 잔뜩 겁을 집어먹고 있을 줄이야.

상준은 머리를 긁적이며 하운의 헛손질을 보고 있었다.

그 와중에도 하운은 갖은 호들갑을 다 떨어댔다.

"와아악! 새우가 저 물었어요!"

"새우도 물어?"

"물었다니까요! 저 진심이에요!"

"맙소사."

보다 못한 태헌이 앞으로 나서며 하운의 팔을 붙들었다.

"아니, 그렇게 하지 말고."

파다닥.

새우가 몸부림을 치기 시작하자마자 태헌의 얼굴이 일그러진다.

"와아악!"

'잘한다며…….'

상준은 안타까운 눈길을 보내며 깊은 한숨을 내쉬었다.

"그래, 믿은 내가 잘못이다."

「열정 가득 요리 천재」.

상준은 오랜만에 쓰는 재능으로 빠르게 새우를 손질해 나갔다.

그 와중에도 두 팔을 파닥거리고 있는 태헌과 하운.

"후, 하운 씨. 이거 잘 봐요."

"네……!"

"제가 호박은 잘 썰어요."

자랑이다.

새우가 안 되니 채소를 공략하기 시작하는 태헌.

타다닥.

빠르게 칼질을 하는 태헌을 바라보며 하운은 두 눈을 반짝였다. 연기를 처음 배웠을 때의 그 열정을 그대로 쏟아붓는 하운이다.

하운은 어설프게 세 조각을 썰고선 생글거렸다.

"저 잘하죠."

"잘… 하네."

재능이 아무래도 연기 쪽으로만 쏠린 모양이었다.

"와하하. 너무 잘하는데요?"

"그렇죠?"

"그러엄."

둘이 저렇게 삽질을 하고 있을 동안, 상준은 새우의 조리에 들어갔다.

소금을 뿌리고 새우를 굽기 시작하는 상준.

그렇게 한 시간의 정신없는 요리 시간이 끝났을 즈음.

"잘 봐, 요리는 이렇게 하는 거야."

망할.

상준은 어느새 부쩍 친해진 태헌과 하운을 바라보았다.

열심히 헝겊을 가지고 와서 물을 짜고 있는 태헌을 옆으로 밀어버리며 상준은 자리를 꿰찼다.

"뭘 이렇게 해. 내가 다 했구만."

"와, 무슨 소리야. 내가 했지."

"양심은 어디로?"

크흠.

헛기침을 하며 상준의 시선을 피하는 태헌.

상준은 탁자에 손을 올린 채 태헌의 뒤에 선 하운에게 물었다.

"그래서, 계란찜은?"

상준이 열심히 새우를 굽고 주꾸미볶음을 만드는 동안, 둘이 열심히 계란찜을 만들고 있었으니.

"어디 한번 먹어보……."

별생각 없이 둘을 바라보는 상준이다.

그런데 어째.

"으음. 시간이 몇 분 남았지?"

"10분?"

"오, 충분히 여유롭다. 그렇지, 하운아?"

"네, 그런 거 같아요."

그새 친해졌는지 하운에게 말까지 놓은 태헌. 그건 그렇다고 치고, 상준은 불안한 표정으로 둘을 헤치고 걸어갔다.

"됐고, 일단 맛부터……."

상준은 숟가락을 든 채 계란찜이 있는 곳으로 향했다.

당연히 이 정도는 제대로 해냈을 거라 굳게 믿고 있었건만.

그대로 계란찜을 퍼 올리려던 상준은 적잖이 당황했다.

"어?"

스르륵.

계란찜이 퍼지질 않고 아래로 다 탈출해 버린다.

거의 흘러내리는 액체 수준의 계란찜.

상준은 두 눈을 끔뻑이며 다시 숟가락을 들었다.

"뭐야."

이번에도 상황이 똑같다.

상준은 인상을 찌푸리며 천천히 고개를 들었다. 아무리 생각해 봐도 이건…….

"소금물인데?"

"와아아아악!"

말이 끝나기가 무섭게 도망가는 태헌이다. 상준은 부들거리며 작게 중얼댔다.

"음식 이따위로 만들지 말라고……."

"저는 태헌 선배 가르침에 따랐어요!"

"하운이가 만든 거야! 하운이가!"

서로에게 책임감을 떠넘기는 아름다운 모습.

셋의 훈훈한 장면을 가만히 지켜보던 작가 팀들은 이내 혼란스러워졌다.

"이건 예상 못 했는데."

오랜만에 방송에서 다시 만난 상준과 태헌이다. 「스타들의 레시피」 당시에 팬들에게 워낙 호응이 좋았던 조합이라, 요리에 소질 있는 둘이 게스트로 들어온 하운에게 친절하게 요리를 알려 주는 그런 그림을 생각했었다.

그런데 이건…….

"다시 해!"

"히익."

"하, 빨리. 5분 남았어."

스파르타 그 자체.

5분 남은 시각을 확인한 상준이 분주한 손길로 태헌의 목덜미를 질질 끌고 돌아왔다.

"살… 살려주세요."

"선택해."

"……!"

"삶아지는 게 계란인지, 넌지."

*   *   *

「스타들의 레시피, 새로운 게스트로 시청률 17프로 선방, 수요 예능 1위」

「스타들의 레시피, 게스트로 탑보이즈 상준, 하운 출연」

「스파르타식의 조리법, '스타들의 레시피' 이번 주 관전 포인트」

―아ㅋㅋㅋㅋㅋㅋㅋㅋ 오랜만에 나왔는데 시트콤을 찍고 가네

ㄴ선택해

ㄴ삶아버리기 전에 ㅋㅋㅋㅋㅋㅋㅋㅋㅋ

ㄴㄹㅇ 스파르타냐고

ㄴ그 와중에 태헌이 질질 끌려가는 거 개웃기넹

ㄴ하운이는 옆에서 공손히 서 있어 ㄷㄷ

―치고받고 싸우는 게 아니라 삶아버리는 거 실화임?

ㄴ호달달

ㄴ하운이는 연기만 잘하는 줄 알았는데, 연기만 잘하더라

ㄴ너무하네 ㅋㅋㅋㅋㅋ

ㄴ연기만 잘하는 거였어!

ㄴ우리 하운이 기죽이지 마세요! 응원도 잘해요!

ㄴ너어는… 진짜 나빠따…….

실시간검색어는 온통 스타들의 레시피로 도배되어 있었다.

「스타들의 레시피」.

「나상준」.

「김하운」.

「주꾸미볶음 레시피」.

이미 상준의 출연 전부터 오랫동안 많은 사랑을 받아온 프로
그램이긴 했지만, 이렇게 화제성 수치가 팍 뛴 적은 없었다.

"후."

모두가 좋아할 만한 기쁜 소식이었지만, 단 한 사람에게는 아
니었다. 서 PD는 떨리는 손으로 서류를 움켜쥐었다.

「스타 토크쇼」의 몰락 이후 마지막 기회라고 생각하며 이번
편성을 받아낸 서 PD였다.

"이 정도 아니었잖아……."

「스타들의 레시피」쯤이야 쉽게 이길 수 있을 거라고 과신했다.

게스트로 그 녀석이 출연하는 줄은 몰랐으니까.

"이 새끼가 장난하나."

캐스팅 때 은근히 시간을 끌던 것만으로도 분노가 치밀 지경

이었는데…….

다른 날도 아니고.

"첫 편성 날에 맞춰서 들어가?"

손끝이 부들부들 떨린다.

피가 거꾸로 솟는 듯한 느낌을 받으며, 서 PD는 손에 쥔 서류를 바닥에 집어 던졌다.

그리고.

"아아아악!"

이내 사무실 내로 단말마의 절규가 울려 퍼졌다.

*   *   *

같은 시각.

'서 피디는 지금쯤 난리가 났겠구만.'

첫 방송부터 시청률이 바닥을 찍은 것만으로 화가 치밀 텐데, 같은 시간대 방송에 자신이 출연했다는 걸 확인했으면.

지금쯤 아주 보기 좋은 장면이 펼쳐지고 있을 게 뻔했다.

"으으음."

상준은 여유롭게 콧노래를 흥얼거리며 모자를 깊게 눌러썼다.

「스타들의 레시피」로 셋이 친해진 거 아니냐는 팬들의 짐작은 맞아떨어졌다.

'하운이랑 친해지고 싶은데, 네가 연락 좀 해봐.'

하도 태헌이 졸라온 탓에, 오늘은 셋이 따로 약속을 잡았다.

송준희 매니저의 허락을 받고 잠시 짬을 내어 밖에 나온 상준이다.

"춥네."

오랜만에 바깥 공기를 쐤더니 얼어 죽을 거 같다.

12월이 다 되어가는 탓에 얇은 후드 집업 하나 걸치고서 버틸 날씨는 아니었다.

주머니에 손을 넣고 약속 장소에서 기다리고 있던 순간, 저 멀리서 익숙한 실루엣이 걸어왔다.

"선배님!"

해맑게 걸어오는 건 하운이고.

그 옆에서 껄렁거리고 있는 녀석은 태헌이다.

"왔어?"

"아무도 못 알아보던데."

"아, 그래?"

혹시나 싶어서 꽁꽁 싸매고 나왔는데 아무도 시선을 주지 않았단다. 은근히 서운해하는 태헌의 말투에 상준은 피식 웃음을 흘렸다.

"분발하도록."

"거 너무하시네. 그래서 우리 밥 어디서 먹어?"

근처에 보자.

상준은 주변을 둘러보며 괜찮아 보이는 곳을 살폈다.

혹시 알아챌 사람이 있을까 잔뜩 긴장하던 어깨도 슬슬 풀어졌다.

사람들이 많이 모이는 신촌의 번화가긴 하지만.

아무도 그들에게 눈길을 주지 않는 모양이었다.

"이쪽으로?"

"골목에 맛있는 집 하나 아는데."

상준과 태헌은 편안하게 대화를 나누며 짧게 주어진 휴식을 즐겼다. 처음에는 낯을 가리던 하운도 금세 대화에 끼어들었다.

"저 지난번에 활동할 때 한 번 뵀잖아요."

"태헌이를?"

"네, 저희 만났었어요."

시시콜콜한 추억을 주고받으며 골목길을 돌아서던 순간.

"타코집이 이쪽 맞지?"

열심히 휴대전화 지도만 내려다보고 있던 상준은 불길한 기운을 느꼈다.

'뭐지?'

어째 시선이 느껴진다.

그리고 「절대자의 감각」을 체화한 상준에게 이런 직감은 높은 확률로 맞아떨어졌다.

상준은 천천히 고개를 돌렸다.

"맞는 거 같지 않아?"

"탑보이즈 나상준!"

"맞다, 맞다."

"와, 미쳤다."

'망했다.'

조용히 밥만 먹고 들어가려던 계획은 물 건너간 거 같다고 생각하던 찰나.

"꺄아아아아!"

"와아아아악!"

갑자기 사방에서 함성이 쏟아졌다.

"탑보이즈 맞아요?"

"상준이다, 상준이!"

"꺄아아아!"

아니, 근데 왜 다 나만 찾아.

옆에 드림스트릿도 있고, 요새 핫한 김하운도 있는데…….

"어?"

묘하게 허전한 느낌.

상준은 두 눈을 끔뻑이며 양옆을 돌아보았다.

그리고.

'튀었냐……?'

어느새 저 골목 끝으로 자신을 버려두고 도망간 둘을 발견하고야 말았다.

'선배님, 파이팅!'

'나는 간다!'

저, 저…….

"망할 것들."

*　　　　　*　　　　　*

"꺄아아아아아!"

"싸인해 주세요!"

"사진 찍어주세요!"

삐리리리.

피리를 안 불어도 단체로 따라오는 한 무더기의 팬들.

"저기 뭐야?"

"방송 촬영하는 거 같은데?"

저 인파에 시선이 더 쏠려서 어째 사람들이 갈수록 늘어난다.

'이쯤 되니까 무서운데⋯⋯.'

"와아아악!"

"나상준이다, 나상준."

"야, 비켜봐. 꺄아아아!"

그렇게 사람들을 단체로 몰고서 신촌 한복판을 누비고 있을 무렵.

저 끝에서 상준은 또다시 한 무더기의 사람들을 발견하고야 말았다.

'불안한데.'

저 사람들까지 몰려들면⋯⋯.

"이게 무슨 단체 마라톤도 아니고."

게릴라 데이트 방송처럼 이미 난리가 났다.

빠른 판단 아래 사람들이 몰린 반대 방향으로 길을 트려는데.

갑자기 오른편에서 익숙한 이름이 들려왔다.

"저기 홍주형이랑 한새별 아냐?"

"헉. 맞는 거 같은데?"

"와아아아. 미쳤다."

이미 옆에 선 팬들이 두 눈을 반짝이며 상준에게 말을 걸어왔다. 같은 소속사 후배인 데다가 몇 번 곡을 도와줬다는 걸 아는 팬들이 관심을 보였던 탓이었다.

"오빠, 안 보러 가요?"

"같이 무대 해주세요!"

"꺄아아아!"

아직 정식 데뷔 전에 너튜브 스타로 활약하고 있는 주형과 새별이다. 이미 50만을 가뿐히 넘고 100만을 향해 달려가고 있는 둘이 주로 밀고 있는 콘텐츠는 버스킹이었다.

팬들과 호흡하기 위한 거리 버스킹.

오늘은 그 무대를 신촌으로 잡았을 뿐인데…….

"어… 어!"

팬들에게 이끌려 이렇게 오랜만에 만나게 됐다.

"무대 해! 무대 해!"

졸졸졸.

열심히 따라온 팬들이 두 눈을 반짝이고 있다.

상준은 기겁하고 있는 홍주형의 마이크를 낚아채며 입을 열었다.

"네, 안녕하세요. 여러분."

"아니, 선배님이 왜 여기……."

"그러게."

'두 놈이 열심히 튀어서.'

상준은 뒤늦게 미소를 지으며 손을 흔들었다.

생각했던 것보다 사람들이 많이 모인 무대.

조승현 실장이 지금 이 꼴을 봤다면 어디서 뭘 하고 있냐고 난리를 치겠지만. 이렇게 끌려왔으니 무대에 서줄 수밖에.

상준은 능숙하게 팬들에게 손을 흔들며 말을 이었다.

"아, 아니. 저 그냥 밥을 먹으러 왔을 뿐인데. 지금 여기에 끌려와 있네요."

"그런 거였어요?"

무슨 방송이라도 잡혔는 줄 알았는데 우연이었다니.

한새별은 두 눈을 끔뻑이며 상준의 말을 들었다.

"뭐 하고 있었어요?"

"저희 팝송 메들리 하고 있었어요."

홍주형이 그나마 정신을 차리고 답했다. 당황스럽기는 이쪽도 마찬가지였지만, 관객이 배로 는 덕에 감사하게 기회를 잡는 주형이다.

"그러지 말고, 형."

"어?"

"신곡 불러주세요."

홍주형의 당당한 멘트에 상준은 웃음을 터뜨렸다.

싱글앨범으로 컴백한 탑보이즈.

그 컴백 무대를 여기서 보여달라니.

"오케이."

"꺄아아아아!"

상준의 한마디에 사방에서 환호성이 튀어나왔다.

다섯 명이 설 무대 대신 혼자 컴백 무대에 자리하게 되었지만.

"다들 달릴까요!"

한껏 달아오른 무대에 자연히 뛰기 시작하는 상준이다.

"와아아아아악!"

그렇게.

감당 못 할 컴백 무대가 신촌 거리를 달구기 시작했다.

*　　　　*　　　　*

ㅡ와 신곡을 저기서 불렀다니ㅠㅠ
　ㄴ이걸 왜 못 보러 갔지?
　ㄴ과거의 내 자신아 ㅠㅠ 저때 저기에 있었어야지
　ㄴ아니, 이거 ㄹㅇ 라이브 맞아?
　ㄴ라이브지
ㅡ주형새별 너튜브에서 봤는데 진짜 미쳤더라
　ㄴ사람 너무 많아 근데 ㅋㅋㅋㅋㅋ
　ㄴ나는 콘서트장인 줄
　ㄴ거의 피리 부는 사나이 급인데
　ㄴ단체로 졸졸졸 ㅋㅋㅋㅋㅋㅋ
　ㄴ근데 따라갈 만함. 다 가리고 있어도 나는 알아볼 거 같은데
　ㄴ꺄아아아아아 현장에 있었는데 신곡 미쳤음

"이야, 아예 컴백 무대를 펼치고 왔어?"
"크흠."
댓글을 쓰윽 훑던 조승현 실장이 황당하다는 듯 웃음을 터뜨렸다.
송준희 매니저에게만 허락을 받고 잠깐 다녀온건데, 기사까지 뜨고 말았다.
"무슨 가만히 있어도 기삿거리를 물어 오냐."

타박은 아니었다.

그저 감탄이 나올 뿐이었다.

가만히 있어도 화젯거리를 물고 오는 아이. 덕분에 JS 엔터 홍보 팀은 이른 아침부터 기사를 쏟아내느라 정신이 없었다.

신곡은 여전히 1위를 굳건히 지키고 있었고.

도영은 두 눈을 반짝이며 상준의 옆구리를 찔렀다.

"다음에는 나도 데려가."

"아니, 갑자기 버스킹은 왜 한 거야?"

얘기하자면 길다.

조승현 실장 눈에는 갑자기 에너지가 넘쳐흘러서 버스킹을 하러 간 거라고 보인 모양이지만…….

상준은 인상을 찌푸리며 작게 중얼거렸다.

"두 놈이 저를 버리고 튀어서요."

띠링—.

그 두 놈이 알아서 연락이 왔다.

[ㅈㅅㅈㅅ]

[아주 핫해지셨던데]

태헌은 자진해서 사과를 건네왔지만, 이게 정말 죄송하다는 의미인지는 잘 모르겠고.

하운은 장문의 편지를 보내왔다.

결론은…….

[선배님 무대 너무 멋있어요. 역시 최고예요.]

'결론이 이상한데.'

상준은 고개를 갸우뚱하며 깊은 한숨을 내쉬었다.

"저도 정신이 없어서 죽는 줄 알았어요."

"홍보됐으면 좋지 뭐. 트래픽 확 뛰었더만."

조승현 실장은 웃음을 터뜨리며 고개를 끄덕였다.

이번 싱글앨범도 차트 순위는 견고했다. 그래도 어제 유명 가수가 컴백해서 살짝 흔들릴 뻔했는데, 트래픽이 뛴 덕에 1위를 여전히 사수할 수 있었다.

음악방송 활동은 딱히 진행하지 않는 싱글앨범이었지만, 예상 외로 성과가 좋다.

덕분에 다들 신나 있었던 상황.

상준의 휴대전화에서 벨소리가 다시 울려 퍼졌다.

"또 태헌이야?"

어떻게 버리고 가냐고 잔뜩 화가 난 티를 내서 전화까지 온 건가 싶었는데, 막상 휴대전화를 확인해 보니, 예상치 못한 번호가 찍혀 있었다. 상준은 자리에서 벌떡 일어났다.

"강주원 선배?"

"무슨 일이야?"

선우가 놀란 눈으로 상준을 돌아보았다.

지난번에 한 번 만난 거 외에는 이 선배가 딱히 먼저 연락이 올 일이 없는데…….

조승현 실장은 고개를 끄덕이며 상준에게 말했다.

"받아봐."

"아, 네."

무슨 일일까.

상준은 휴대전화를 붙들고 강주원의 말을 기다렸다.

"네, 선배님."

—어, 상준아!

쾌활한 목소리가 수화기 너머로 들려온다.

최근에도 예능 때문에 바빠 보이던 강주원 선배가 전화까지 걸어온 건······.

"네?"

강주원의 말을 들은 상준은 놀란 눈으로 도영을 돌아보았다.

"무슨 일이야?"

"아니, 무슨 일은 아닌데."

뚝.

전화를 끊은 상준은 천천히 입을 뗐다.

"같이 방송 한번 해보자던데요."

"방송?"

"네."

지난번에 강주원의 집에 한 번 놀러갔던 적이 있었다.

'할리야······. 너 관종이었구나······.'

관종견 할리의 행동 교정을 위해서 상준이 재능으로써 지도해 줬던 적은 있는데. 집에 초대하는 예능에 게스트로 출연해

달라는 제안은 의외였다.

"선배님이 추천하셨대요."

"너랑 도영이랑?"

"네, 그런 거 같은데……."

하지만.

놀라운 것은 그다음이었다.

'지난번에 너네 애들 잘 챙겨달라며.'

마이데이의 데뷔 첫날, 강주원에게 인사치레로 그런 말을 하긴 했었지만…….

"마이데이랑… 같이 출연하라는데요?"

…아무래도 새로운 스케줄이 생긴 거 같다.

*   *   *

1인 가구가 늘어나면서 유독 관찰형 예능이 많이 늘었다.

스타들의 일상을 조명하는 관찰형 예능에서 동질감을 느끼는 사람들이 늘어서일까.

강주원이 새로 출연하게 된 예능 「개같은 인생」도 비슷한 형태였다.

그중에서도 스타들의 애견 라이프에 초점을 맞춘 프로그램.

최근 핫한 프로그램에 신인으로 게스트 요청을 받다니.

"와, 저 너무 떨려요."

"잘할 수 있겠죠?"

서영과 시은은 나란히 호들갑을 떨며 심호흡을 했다.

'바빠지겠네.'

상준과 도영은 몰라도 넷은 이 상황이 마냥 신기한 모양이다. 상준은 흐뭇한 미소를 지으며 일단 다독였다.

"잘할 테니까 그만 떨고. 이제 들어가자."

'드라마 인 드라마' 때부터 느낀 거지만 선배 강주원이 추천해 준 예능에서 피를 본 적은 없었다. 그렇기에 조승현 실장도 화색을 띠며 바로 허락했을 터였다.

"안녕하세요!"

"와, 집 개넓어."

"…야."

"멍멍이 넓어."

저도 모르게 입을 떡 벌리던 도영은 뒤늦게 말을 수습했다.

아직 본격적인 촬영 전. 강주원은 웃음을 터뜨리며 후배들을 단체로 들였다.

"두 번째인데 왜 그래."

"두 번 봐도 놀랍네요."

한 번 탑보이즈가 단체로 강주원의 집에 들른 적은 있었다.

하지만, 마이데이는 강주원을 제대로 만나는 것도 사실상 두 번째.

넷은 경직된 목소리로 단체 인사를 건넸다.

"안녕하세요! 마이데이입니다, 잘 부탁드립니다!"

"어어, 이쪽으로 들어와."

한 발짝. 한 발짝.

예능 새내기들답게 벽에 설치된 카메라를 신기해하며 들어오는 마이데이다.

서영은 저도 모르게 작게 중얼거렸다.

"엄마, 나 예능 나왔어……."

아무래도 상준만 들은 거 같다.

상준은 표정 관리를 하며 오랜만에 만나는 할리에게로 달려 갔다.

「21세기의 드루이드」.

상준은 재능을 대여하고선 할리를 빤히 바라보았다.

"할리, 안녕."

오늘도 할리는 관종의 면모를 맘껏 보여주고 있었다.

헥헥.

열심히 서영의 바지를 물고 늘어지는 통에 가만히 서 있던 강주원이 웃음을 터뜨렸다.

"아아악."

"얘는 왜 이리 신났어."

저러다간 바지가 닳을 지경이다.

상준은 혀를 차며 할리를 자신의 무릎 위로 끌고 왔다.

예능이 처음인 시은이 긴장해서 가만히 앉아만 있자, 강주원이 부드럽게 말을 흘렸다.

"간식 주면 좋을 거 같은데."

"제가 다녀올게요!"

"이쪽이죠, 이쪽?"

예상대로 강주원의 한마디에 우르르 일어나는 마이데이다.

알아서 할 일을 찾아 떠난 네 명과는 달리 정신연령이 다소 어린 도영은 즐겁게 할리랑 놀고 있었다.

"먹을래?"

주머니에서 사탕을 꺼내 부스럭거린 다음.

"너는 못 먹어, 이거."

"멍!"

"내가 먹을 거야. 맛있겠지?"

정신연령이 초등학생인 줄 알았는데, 아무래도 그 아래인 것 같다. 상준은 경악하며 도영의 앞을 가렸다.

"뭐 하냐, 쟤."

그르릉.

'저러다가 후배들이 이상한 거 배우면 어쩌려고.'

상준은 한숨을 내쉬며 도영에게 타박을 던졌다.

"너 물어버리고 싶대."

"히익, 살려주세요."

상준은 못 말린다는 듯이 혀를 차고선 할리를 꼬옥 안았다.

그새 이야기는 강주원의 일과로 흘러갔다.

"와, 그러면 선배님. 컴백 무대 준비하시면서 예능 하시는 거예요?"

"그렇지."

"병행 어떻게 해요?"

강주원의 실전 팁이 흘러나오자 단체로 눈만 반짝이고 있다.

처음에는 아이돌로 시작해서, 이렇게 예능 MC로 정착하기까지의 고난의 스토리. 신인인 입장에서 돈 주고도 들을 수 없을 법한 값진 이야기들이다.

"와, 진짜 대박."

그렇게 고개를 끄덕이며 강주원의 얘기를 듣는 동안.

상준은 미처 잊고 있던 할리의 목소리를 이어 들었다.

"끼잉."

"……."

"끼잉."

열심히 상준의 품에서 발버둥 치고 있는 할리.

"왜 그래?"

상준은 의아한 눈길로 할리를 내려다보았다. 조그만 네 다리를 열심히 허우적대며 상준을 올려다보는 녀석.

귀엽다며 넘어갈 일인데, 할리의 말을 들은 상준은 그렇지 못했다.

―화장실…….

"어?"

―여기가 화장실이다!

"아니야, 할리. 여기 화장실 아니……."

'불안한데…….'

그 순간.

"……!"

상준은 갑자기 축축해지는 것을 느꼈다.

제4장

화제

"으학학학."

도영은 배를 잡고선 앞으로 고꾸라졌다. 평상시에도 웃음이
헤픈 녀석이긴 했지만.

"…너무 웃는 거 아니냐."

상준은 두 눈을 끔뻑이며 도영에게 말을 던졌다. 기겁한 강주
원은 놀란 눈으로 상준을 내려다보고 있고, 그나마 똑바른 한비
가 난장판인 와중에도 휴지를 챙겨 왔다.

"괜찮으… 세요?"

뭐지, 이 축축한 기분.

상준은 할리를 빤히 내려다봤다.

─화장실…….

도영은 여전히 정신없이 웃어대며 상준을 놀리기에 바빴다.

"형, 아무리 급해도 그렇지. 형 나이가 몇인데……."

저 새끼가?

"야, 도영아. 너무 놀리는 거 아니냐. 그러다가 상준이한테 한 대 맞아도 난 몰라."

옆에서 지켜보고 있는 강주원은 흥미진진한 표정으로 말을 얹었다.

"저기요."

선배님 개거든요.

상준은 그제야 이 프로그램명을 떠올려 냈다.

「개같은 인생」.

'아, 왜 갑자기 떠오르지…….'

상준이 머리를 짚으며 깊은 한숨을 내쉬고 있는 사이에도, 도영은 혀를 내두르며 잔뜩 신이 났다.

"할리야, 네가 그런 거 아니지? 아니래잖아. 우리 착한 할리가 바지에 그랬을 리가 없어요."

"그래, 더 해봐라."

벌떡 일어서서 걸어오는 상준. 그의 살벌한 눈길에 도영은 천천히 뒤로 물러섰다.

"아아악!"

까불거리다가 한 대 얻어맞는 도영.

살벌한 기세에 눌려서 뒷걸음질 치나 했는데…….

유감스럽게도. 상준의 착각이었다.

"형, 그 바지로 가까이 오지 말라고!"

"왜……?"

"히익. 저리 가!"

난장판이 되어버린 집안.

강주원은 그 와중에 침착하게 마이데이를 향해 말을 걸었다.

"얘들아, 지금이 시청률 가장 올라갈 시간이거든."

"네?"

"지금 신곡 홍보하자."

망할.

거기다 대고 또 해맑게 고개를 끄덕이는 서영이다. 시은은 넘쳐흐르는 에너지로 '비밀'의 하이라이트 파트를 불러 나갔다.

Tell me about your day
하루 종일 기다렸어

이 와중에 또 놀랍도록 좋은 시은의 보컬 실력.

상준은 두 팔을 휘저으며 다급히 강주원을 찾았다.

"아니, 선배님. 저 바지 남는 거 없……."

"와, 노래 잘하네."

"아학학학."

"그만 웃으라고, 차도영."

이건 모두 비밀이야
너에게만 알려줄게

'아니, 비밀이고 나발이고.'

"선배님……? 저, 저기요!"

그렇게 축축함만 남긴 채.

마이데이를 홍보해 주기 위한 첫 번째 예능 동반 출연은 끝이
났다.

*   *   *

"진짜 화끈한 홍보네."

유찬의 한 줄 평은 그랬다.

─ㅋㅋㅋㅋㅋㅋㅋㅋㅋㅋㅋ이게 뭔데
 ㄴ아니, 원래 개 잘 다루는 거 아니었어?
 ㄴ너무… 편안함을 느낀 나머지…….
 ㄴ할리야…….
 ㄴ도영이는 왤케 신났어 ㅋㅋㅋ
 ㄴ형의 고통은 나의 기쁨이기 때문…….
─마이데이가 저 친구들인가? JS 엔터 신인?
 ㄴ얼굴은 첨 보는 거 같은데 다들 좋네
 ㄴ한비인가? 유일하게 정신 차리고 빠릿하게 있던데
 ㄴㅇㅈ 예능도 잘할 듯
 ㄴ애들 말도 잘하고 귀엽더라
 ㄴ흑흑 우리 마이데이 친구들 많이 예뻐해 주세요!!!

상준은 고개를 끄덕이며 유찬의 말에 공감했다.

"그러게. 내 한 몸을 불살랐지……."

홍보에는 성공했지만 뭔가 잃은 기분이다.

망할.

왜 바지가 또 축축해진 거 같지.

상준은 인상을 찌푸리며 그다지 아름답지 않았던 추억을 회상했다.

「21세기의 드루이드」.

당분간 저 재능은 쓸 일이 없을 거 같다. 상준은 재능을 고이 넣어두고선 송준희 매니저를 돌아보았다.

줄곧 불쾌한 감각을 되새기느라 잊고 있었는데, 아까부터 저편에서 한숨 소리가 들려오고 있었다.

"하."

심각한 일이 있는지 머리를 싸매고 있는 송준희 매니저. 눈치가 빠른 선우가 먼저 걱정스러운 눈길을 보냈다. 평상시 티 나게 감정을 드러낸 적이 없었던 송준희 매니저다.

"어떡하지……."

그가 저렇게 고민에 빠져 있을 정도면 큰 걱정이 있는 것이 아닐까.

선우는 조심스럽게 송준희 매니저에게 말을 걸었다.

"무슨 일 있으세요?"

"아."

골똘히 생각에 잠겨 있었던 탓인지, 송준희 매니저는 화들짝 놀라며 고개를 들었다. 상준 역시 의아한 기색으로 말을 더했다.

"괜찮으세요?"

"어, 괜찮긴 한데······."

송준희 매니저는 머리를 긁적이며 말을 이었다.

"너네 새로운 프로그램 제안이 들어와서."

"저희요?"

워낙 심각한 얼굴을 하고 있어서 개인 사정이라도 있는 줄 알았는데 이건 의외다. 상준은 놀란 눈으로 되물었다.

"프로그램 제안이 들어왔는데······. 무슨 일이에요?"

저렇게 울상일 이유가 딱히 없을 텐데.

곰곰이 옆에서 생각하고 있던 선우가 기겁하며 송준희 매니저의 팔을 잡았다.

"설마······. 서 피디 또 연락 왔어요?"

"또?"

"그 인간, 양심은 어디다가 팔아먹은 거야?"

선우의 말 한마디에 이미 반쯤 난리가 났다. 송준희 매니저는 손사래를 치며 그건 아니라고 단언했다. 사실 프로그램 피디의 문제는 아니었으니까.

"리얼리티프로그램이고. 지난번에 상준이랑 도영이랑 나간 거 보고 따로 연락이 오셨어."

"개같은 인생이요?"

상준은 다시 인상을 찌푸리며 고개를 갸우뚱했다.

"아니, 그걸 보고 왜 오는 거지······."

거기 가서 한 거라고는 파닥거리면서 바지 남는 거 달라고 강주원에게 구걸한 것 외에는 하나도 없었다.

'구걸하는 아이돌이 취향인가.'

상준은 머쓱한 미소를 짓고 있다가 이내 의아해졌다.

"그런데 왜 그렇게 심각하세요?"

"하."

상준의 물음에 다시 어두워지는 송준희 매니저의 표정.

모두의 시선이 그에게 쏠릴 때쯤.

송준희 매니저는 무거운 입을 뗐다.

"…나도 출연하래."

＊   ＊   ＊

새롭게 제안이 들어온 프로그램은 뜻밖에도 매니저와의 리얼
리티프로그램이었다. 기존에 스타들의 일상을 담아내는 관찰형
예능은 몇 번 히트를 쳤지만…….

"매니저님이랑요?"

상준은 턱을 천천히 쓸며 걱정 어린 시선을 보냈다.

「밀착 탐구 생활」.

송준희 매니저가 들고 온 프로그램의 시놉시스를 본 상준은 한
층 더 생각이 복잡해졌기 때문이다. 잠깐 매니저로 출연하는 것
도 아니고 아예 스타와 매니저의 관계 위주로 조명하는 방송이다.

"저희는 좋아요."

잠시 고민하던 선우가 먼저 입을 뗐다.

설날 특선 파일럿프로그램인 데다가 편성 시간도 좋아서, 잠
깐의 화제성으로는 충분히 좋을 것 같았다.

더욱이 아이돌을 단체로 부르는 리얼리티가 거의 없다 보니

좋은 기회라는 생각이 들었다.

'사실 나가고는 싶은데⋯⋯.'

단지 탑보이즈의 의견이 나왔다고 해서 출연을 결정할 수는 없는 노릇이었다.

"매니저님이 문제죠."

송준희 매니저는 엄연히 비연예인이다. 이런 공중파에 얼굴을 드러낸다는 것이 부담스러울 수밖에 없기에 그 의견을 존중했다.

선우는 리더답게 침착한 목소리로 입을 열었다.

"불편하시면 안 나가서도 괜찮아요."

"실장님은 뭐라서요?"

"그게⋯⋯."

훅 들어온 도영의 물음에 송준희 매니저는 한숨을 내쉬었다. 사실 조승현 실장도 비슷한 반응이었다. 탑보이즈에게나 편하게 대하지, 그가 실제로 퍽 말주변이 있는 편은 아니었다.

그걸 아는 터라 조 실장 역시 억지로 강요하진 않았다.

"그냥 나가고 싶으면 나가고, 아니면 말라고 하시지."

"으음."

"나가고 싶으세요?"

송준희 매니저는 턱을 쓸어내리며 고민에 빠졌다.

나가고 싶냐고 묻는다면.

"나가고 싶어."

"진짜요?"

"와, 대박."

"매니저님 은근히⋯⋯."

'내적 관종이셨구나.'

안 그래 보이는데 놀랍다.

상준은 뒷말을 삼키며 두 눈을 반짝였다.

흥미로운 다섯의 눈길이 닿자마자, 송준희 매니저는 부담스러 웠는지 손사래를 쳤다.

"아니, 나가고만 싶은 거지."

"에이, 그런 게 어딨어요."

"나가고 싶으면 나가면 되는 거 아니에요?"

제현이 이해가 가지 않는다는 듯 물었다.

사실 이 자리에게 오기까지 살아남은 다섯은 끼가 넘치다 못 해 흘러내리는 수준이었다.

카메라 앞에서 저리도 태연할 수 있는 건 저 다섯 녀석들이지, 자신은 아니다. 송준희 매니저는 고개를 저으며 말을 뱉었다.

"나가서 한마디도 못 하면 어떡하려고. 그건 너네들한테도 민 폐야."

"그거야……."

그런 소리 하지 말라면서 달래고 보는 선우와 기가 막힌 계획 이 있다며 생글거리는 도영. 상준은 도영을 돌아보며 진지한 얼 굴로 물었다.

"무슨 계획인데?"

"형이 있잖아."

"나?"

지난번 촬영 일로 하루 종일 앞장서서 놀려댔던 도영이다.

"형이 알려주면 되잖아."

상준의 생각이 자연히 할리로 향했다.

"어떻게 해야 바지를 갈아입게 되는지……?"

"…어?"

"아, 이거 아니었어?"

뭐야, 이 애매한 분위기는.

상준이 놀란 눈으로 머리를 긁적이자 도영과 유찬이 동시에 웃음을 터뜨렸다.

"형……. 생각하는 구조가 어떻게 그런 식으로 되는 거야?"

"네가 하루 이틀 놀렸어야 말이지."

"아니, 아무튼 그거 아니고."

단세포라며 또 놀려대려던 도영은 손사래를 치며 말을 이었다.

사실 다섯 중에서 카메라 앞에서 가장 뻔뻔한 것은 도영이다. 말 그대로 예능에 특화된 성격을 타고난 것이 바로 도영이다.

하지만, 수많은 예능에 출연하며 경험을 쌓아온 건 상준과 선우 쪽이 더했다.

그 경험은 노력에서 나왔고.

송준희 매니저의 말빨이 부족하다면 둘이 도와주면 된다.

"알려 드리면 되는 거 아니야?"

도영의 한마디 제안에 시작하게 된 예능 가이드.

"진짜 이거만 외우시면 돼요."

아재 개그 리스트 50선을 뽑아 온 제현부터.

"까아악. 까악."

"뭐 하냐."

"이게 글로벌한 개인기야. 남미에서도 먹힌 거 알아? 두유 노우 남미?"

"저런."

글로벌한 개인기라면서 까마귀 성대모사를 알려주는 유찬까지.

"와아아아아악!"

…난장판이다.

상준은 보다 못해 자리에서 벌떡 일어났다.

"아니, 이런 거 알려 드리면 실전에서 못 써먹잖아."

"왜, 충분히 쓸 수 있는데."

"까마귀 무시하세요?"

반발이 상당하다. 상준은 헛웃음을 치며 멍하니 서 있는 송준희 매니저를 돌아보았다.

"매니저님."

예능 출연 2년 차의 몇 안 되는 경험으로 미루어 봤을 때, 예능에서 중요한 것은 타이밍이다.

"제가 보여 드릴게요."

시청자들에게 웃음을 선사할 수 있는 기회.

상준은 진지한 표정으로 휴대전화를 들었다.

"할리가 저한테 지렸… 아니, 실수를 했을 때, 제가 타이밍이 맞지 않게 그 전에 자리를 떴다면 어떻게 되었을까요?"

"…어?"

"상황은 벌어지지 않았을 거고, 시청자분들에게 웃음을 선사하지 못했을 거예요. 이게 바로 타이밍이죠."

상준은 고개를 끄덕이며 말을 이었다.

"진짜 예능프로는 그 타이밍을 정확히 계산해서 행동해야 하는 거예요. 할리가 저를……."

"와. 그걸 계산한 거야?"

"그럼요. 그 타이밍이 딱 맞아떨어지게, 제가 다 계산했거든요."

이걸 순수하게 믿어버리는 송준희 매니저. 그는 감격한 얼굴로 두 손을 모았다.

"이게 예능 천재구나."

'뭔가 죄책감이 드는데.'

물론 송준희 매니저 혼자 믿은 거 같다.

"헛소리하지 말고."

쿨럭.

유찬의 팩트가 훅 들어온다.

"헛소리라니."

상준은 그 와중에도 뻔뻔하게 번호를 찍고 있었다. 자신감에 가득 찬 상준의 목소리가 울려 퍼진다.

"여튼 그 타이밍을 보여 드릴게요."

뚜르르.

상준은 과감하게 최근 전화 목록의 연락처에 전화를 걸었다.

그렇게 잠깐의 수화음이 흘렀을까.

—왜?

오늘의 희생양이 전화를 받았다.

*　　　　　*　　　　　*

"아아아악!"

"좀 쉬었다 해요, 쌤!"

"와, 나 음료수 하나만 사서 올게."

"형, 가는 김에 나도!"

시끌벅적한 연습실 안.

드림스트릿의 연습실도 탑보이즈와 크게 다를 건 없었다.

"아, 진짜 죽겠다."

컴백 준비에 박차를 가하고 있다 보니, 몸이 열 개라도 부족한 지경이다. 태헌은 곡소리를 내며 휴대전화를 들었다.

위이잉―.

아까부터 요란하게도 울려대고 있었다.

"어, 왜?"

전화를 걸어온 건 뜻밖에도 상준이었다.

맨날 연습한답시고 먼저 전화를 잘 걸어오는 편도 아닌데.

"무슨 일이야?"

태헌은 놀란 눈으로 상준에게 물었다.

다급히 전화를 받았건만, 상대편은 왠지 조용하다.

아니, 자세히 들으니 옆에 선 멤버들의 목소리가 들리는 것도 같다. 태헌은 고개를 갸우뚱하며 휴대전화를 고쳐 들었다.

"너, 무슨 일 있……."

―뚝배기로 삼행시 띄워줘. 내가 할게.

"어?"

이건 또 무슨 상황이란 말인가.

태헌은 두 눈을 끔뻑이며 빠르게 머리를 굴렸다.

'방송인가?'

갑자기 전화를 걸어서 저렇게 뜬금없는 말을 건네는 거면. 방송용 삼행시라도 읊고 있는 게 아닐까.

'방송이면……'

카메라가 앞에 있는 것도 아닌데 자연히 의식하게 된다. 태헌은 부드러운 미소를 지으며 운을 띄웠다.

"뚝."

그리고.

뚝.

"……!"

갑자기 끊어져 버린 전화.

태헌은 황당한 기색으로 휴대전화를 내려다보았다.

"뭐, 뭐야 이게."

그러니까, 방금 자신은 갑자기 걸려온 상준의 전화에 답을 해 줬고. 곧바로 전화가 끊어졌다.

결론은…….

'날 놀려?'

"아아악! 이게 진짜!"

1분 뒤.

뒤늦게 상황을 파악한 태헌은 빠르게 문자를 보냈다.

[죽을래?]
[어떻게 죽을래?]
[골라 이 자식아]

                    *   *   *

[야!!!!]
[야! 왜 전화 안 받아!!!]

잔뜩 화가 나 있는 반대편.
상준은 한 바퀴 빙그르르 돌고선 싱긋 웃어 보였다.
"봤죠, 이게 타이밍이에요."
사실 태헌을 한번 놀려 보려 한 거지만.
"와."
그걸 그대로 메모하고 있는 송준희 매니저. 유찬은 심각하게
걱정된다는 표정으로 상준을 옆으로 밀었다.
"형, 믿으시잖아."
"왜? 사실만 말했……."
송준희 매니저는 두 눈을 끔뻑이며 놀란 눈으로 고개를 들었다.
"왜? 뭐야, 나 낚인 거야?"
"아, 아니에요."
차라리 모르는 게 나을 거 같다.
그 후로도 송준희 매니저는 인생 첫 예능 준비에 온 힘을 쏟
고 있었다.
"후, 떨려서 미칠 거 같은데."
"그… 일주일이나 남지 않았어요?"
촬영일이 한참 남았는데도 벌써부터 긴장하고 있는 기색이다.
선우의 물음에 송준희 매니저는 식은땀을 닦아내며 말을 툭 던

졌다.

"야, 이거 쉬운 게 아니야. 너네가 끼가 있는 거지."

카메라 뒤에서 항상 탑보이즈를 지켜봐 왔지만 막상 자신이 그 무대 위에 서자니 압박감이 장난 아니다.

자신의 행동 하나하나가 탑보이즈에게 꼬리표처럼 따라다닐 수도 있다는 생각에 조심스러울 수밖에 없었다.

"리얼리티잖아요. 그냥 편안하게 하시면 돼요."

선우의 말에도 고개를 끄덕이긴 하지만, 아무래도 진심으로 받아들이진 못한 모양이다. 송준희 매니저는 깊은 한숨을 내쉬며 연습실 밖으로 나섰다.

"열심히 연습들 하고 있어."

"넵!"

안무 수업을 기다리고 있는 멤버들을 뒤로하고, 송준희 매니저는 곧바로 실장실로 향했다. 연예인을 가장 가까이하며 숱한 촬영의 현장에 서 있는 입장이지만, 매니저는 일반인이다.

그렇기에 걱정됐는지 그쪽에서도 한 번의 사전 미팅을 더 진행해 보자고 연락이 왔다.

카메라 앞에서 해도 되는 이야기라든가, 시선 처리 등등 백지와도 같은 송준희 매니저에게 여러 얘기를 전달해 주기 위해서였다.

'후, 떨린다.'

카메라가 있는 것도 아닌데 계획만 들어도 떨린다.

관련 얘기를 조승현 실장에게 전해 들을 생각이었는데.

끼이익.

"실장님?"

어쩐지 실장실이 조용하다. 송준희 매니저는 고개를 내밀며 두 눈을 끔뻑였다.

"후."

"무슨 일 있으세요?"

워낙 조용해서 아무도 없는 건가, 하고 뒤로 돌아 나갈 뻔했다. 조승현 실장은 여느 때처럼 턱을 괸 채 사무실 책상에 앉아 있었다.

차이점이 있다면 평상시보다 몇 배로 심각해 보인다는 것일 뿐.

"괜찮으세요?"

심지어 안색도 창백해 보인다.

기운이 없어 보이는 조승현 실장에 송준희 매니저는 눈치를 보며 한 걸음 뒤로 물러섰다.

"이따 다시 올까요?"

"아."

그제야 정신이 들었는지 천천히 고개를 젓는 조 실장이다.

"안색이 안 좋으신데……."

"신경 쓰고 있어서."

저렇게 세상을 잃은 표정을 하고 있는 걸로 보아 정말 큰일이라도 터진 모양이다. 송준희 매니저는 따라서 심각한 얼굴로 자리에 앉았다.

"혹시 그쪽에서 무슨 연락이라도……."

괜히 자신 때문에 일이 터진 건 아닐까.

조심스러워진 송준희 매니저가 던진 한마디에 조승현 실장은 한층 더 우울해진 얼굴로 고개를 저었다.

"그건 아니고."

"넵."

조승현 실장은 손사래를 치며 고개를 돌렸다.

"일단 나가봐."

"아, 네."

분명 무슨 일이 있는데.

송준희 매니저는 걱정스러운 얼굴로 실장실을 나섰다.

그리고.

관련 소식을 들은 건 정확히 이틀 뒤였다.

"형… 형!"

"뭔 일이야, 또."

"내가 엄청난 걸 물고 왔거든."

연기 수업이 끝나자마자 도영은 다급히 선우의 어깨를 잡아챘다. 도영의 한마디에 함께 멈춰 선 유찬은 의아한 시선을 보냈다.

"이거… 정말 다급한 소식인데."

"뭔데."

"다들 눈치 챙겨라. 진짜로."

"눈치?"

가만히 지켜보던 송준희 매니저는 놀란 눈으로 탑보이즈가 조잘대는 소리를 들었다.

"이거 제가 첫 예능 출연할 때 메모해 둔 거니까 한번 보실래요?"

"어어."

빼꼭히 쓰여 있는 상준의 팁들.

열심히 송준희 매니저에게 노트를 전달해 주고 있던 상준도 도영의 호들갑에 고개를 돌렸다.

"무슨 일인데?"

선우가 침착하게 묻자 도영이 거친 숨을 들이켜며 고개를 끄덕였다.

"내가 형한테 들은 거거든."

"은수 형?"

"어."

역시 탑보이즈의 정보통이다.

요 며칠 조승현 실장이 좀비처럼 복도를 걸어 다니는 걸 본 멤버들이 눈치를 보며 그 이유를 찾고 있었는데.

"실장님 말이야."

그 이유를 알아낸 모양인지 도영의 목소리가 낮아졌다.

"무슨 일인데?"

"눈치가 왜 나와?"

"뭐 있는 거 같긴 했다니까."

"차도영, 너 혹시 무슨 사고라도 쳤어?"

한마디했더니 여러 마디가 돌아온다. 도영은 정신 사납다며 손사래를 치고선 멤버들을 진정시켰다. 모두의 시선이 도영에게 고정됐다.

상준 역시 침을 삼키며 도영의 말을 기다렸다.

"여자 친구한테……."

도영의 말과 함께 귀를 기울이는 송준희 매니저.

"차였대."

"저런."

망할.

송준희 매니저는 고개를 저으며 탄식을 터뜨렸다.

'대체 이 바닥은 왜 비밀이 없어.'

이쯤 되면 소문의 근원지를 찾아야 할 정도인데.

"아니, 근데 그걸 어떻게 은수 형이 알았어?"

"술 마시고 말했대. 블랙빈 실장님이 말해주셨다는데."

"어휴."

입이 종이비행기보다 가벼운 사람들이다.

'내가 못 살아.'

송준희 매니저는 깊은 한숨을 내쉬며 모여 있는 멤버들을 흩어놓았다.

"그런 슬픈 얘기는 그만하고, 다들 연습하러 가."

"아아, 그렇게 무서운 말씀을."

"정말 너무하시네요."

"니들이 더 너무하다, 너무해."

기지개를 켜며 흩어지는 멤버들.

송준희 매니저는 뒤를 돌아보고 안도했다.

"와."

마침 저 복도 끝에서 심각한 얼굴로 걸어오는 조승현 실장.

"하."

조금만 늦었으면 큰일 날 뻔했다.

"아아……."

쳐진 어깨로 멤버들을 스쳐 가는 그의 뒷모습을 보며, 단체로
숙연해졌다.

　　　　　　　*　　　　　　*　　　　　　*

　한편, 조승현 실장 못지않게 심각한 사람이 여기 있었다.
　"상준아."
　"어, 선배님."
　뮤직 월드 촬영이 끝나고 아린과 나란히 MC를 마치고 온 상
준은 뜻밖의 얼굴에 놀랐다. 대기실 앞에서 상준을 기다리고 있
는 사람이, 존경스러운 대선배였기 때문이었다.
　"선배님, 무슨 일로 오셨어요?"
　강주원 선배.
　그는 은은한 미소를 지으며 손사래를 쳤다.
　"그냥 얼굴 한 번 보려고 했지."
　하지만, 정작 그의 입에서 나온 말은 그런 일상적인 말은 아니
었다.
　서 PD가 탑보이즈를 뒤에서 신나게 물어뜯고 있다는 내용.
　이렇게 뒤끝이 있을 줄이야.
　"그게… 진짜예요?"
　상준은 인상을 찌푸리며 당황스러운 표정을 지었다.
　"전해 들었어."
　강주원이 들고 온 소식은 서 PD 얘기였다.
　두 번 다시 마주칠 일 없다고 확신하며 무시하고 살았는데,

뒤에서 열심히 상준의 얘기를 하고 있던 모양이었다.

"벼르고 있는 거 같던데. 그 양반이랑 아예 척진 거였어?"

"어… 그렇죠."

상준은 턱을 천천히 쓸어내리며 고개를 끄덕였다.

지난번 일 때문에 은근히 먹이려고 「스타들의 레시피」에 출연했던 건 사실이니까.

그때와는 다르다고 생각했다.

지금의 탑보이즈는 서 PD가 함부로 물고 늘어질 만한 신인이 아니었고, 자연히 크게 신경 쓰지 않았다.

하지만, 강주원의 시선은 달랐다.

"그 인간 성격이 불같아서 그냥 놔줄 양반은 아니거든."

연예계를 오래 봐오면서 강주원이 느낀 바가 있었다.

적을 두는 건 분명히 위험하다. 특히 상대가 방송국 피디라면.

경험이 부족한 상준은 몰랐겠지만, 뒤에서 논란을 만들어내는 것쯤이야 전혀 어려운 게 아니었다.

"하나라도 건수가 잡히면 물어뜯을 기세더만."

강주원은 심각한 얼굴로 상준에게 물었다.

"스타들의 레시피 나온 이유가 서 피디 때문이었던 거야?"

아예 이 일을 자세히 모르고 있는 강주원의 시선에서도 그렇게 보였던 모양이다. 상준은 대답 대신 고개를 끄덕였다.

"분명 가만히 있진 않을 거야, 그 인간이."

서 PD를 정식으로 처음 만났을 때는 이미 스타의 반열에 올라 있던 강주원이다. 각종 예능에서 종횡무진하는 강주원을 굳이 건드릴 이유가 없었으니 별다른 충돌도 없었지만, 그의 이름은 익히 알고 있었다.

'이슈 메이커.'

없는 이슈마저도 만들어낸다고 후배들에게 소문이 자자한 인간.

특히 자신에게 찍힌 사람은 어떻게든 물고 늘어진다고 모두들 입을 모아 말했다.

하지만, 적이 많으면 시선이 많다는 것 또한, 피디에게도 똑같이 적용되는 문제다.

'이 얘기가 나한테까지 들어온 거 보면.'

강주원은 고개를 숙인 채 상준에게 작게 속삭였다.

"그래서 말인데."

낮게 깔린 목소리가 아무도 없는 대기실 복도에 울려 퍼졌다.

"원형석 선배님 알지?"

"원형석 선배님이요?"

신인 시절 감사했던 두 선배님.

'갑자기 원형석 선배가 왜 나오지?'

강주원이 조심스럽게 입을 떼고.

익숙한 이름을 들은 상준의 안색은 이내 어두워졌다.

"…감사합니다."

충격적인 진실을 들은 상준은 고개를 숙이며 무거운 발걸음을 뗐다.

"서 피디……"

상준은 주먹을 세게 움켜쥐며 복도 끝을 노려보았다.

건드리려고 드는 것 자체가 멍청한 짓이지만.

굳이 오겠다고 덤벼든다면.

'뭔가를 잃겠지.'

그러지 않기만을 바랄 뿐이었다.

*　　　　　*　　　　　*

오전부터 JS 엔터는 한바탕 난리가 났다.

탑보이즈 숙소라고 해서 크게 달라질 건 없었다.

"와, 사람 장난 아니다."

이런 리얼리티프로그램은 모두들 처음이다. 숙소 곳곳과 연습실에 카메라를 설치하는 분주한 움직임을 바라보며 상준은 입을 다물지 못했다.

"그냥 편하게 촬영하시면 돼요."

단체로 얼이 빠져 있다는 걸 직감했는지 막내 작가 한 명이 달려와서 당부했다. 특히 송준희 매니저에겐 벌써 열 번째 같은 얘기를 들려주고 있었다.

"카메라 없다고 생각하시고, 평상시처럼 행동하셔야 해요. 괜히 의식하시면 그림이 이상하게 나와요. 아셨죠?"

"아, 넵."

송준희 매니저는 고개를 끄덕이면서도 불편한 자세로 벽에 기대서 있었다. 제작진들이 정신없이 오고 가는 와중에도 도영은 조잘대면서 제현에게 말을 걸기 바빴다.

"안무 수업이랑 우리 숙소만 찍는 거야?"

"엉."

"수업 어떻게 찍을 건데?"

"어?"

제현은 머리를 긁적이며 그게 무슨 소리냐는 듯 도영을 돌아보았다.

"수업처럼."

"야, 예능은 그렇게 하는 거 아니야. 얘가 뭘 모르네. 잘 생각해 봐……."

쉴 새 없이 쏟아지는 도영의 잔소리에 귀를 막고 도망가 버리는 제현. 상준은 헛웃음을 터뜨리며 신나게 놀고 있는 동생들을 물끄러미 바라보았다.

그때, 익숙한 얼굴이 복도를 지나쳐 왔다.

"어, 실장님!"

오늘도 핼쑥해진 얼굴은 그대로다.

도영이 해맑게 웃으며 알은체를 하자, 조승현 실장은 고개를 살짝 내밀며 멤버들을 확인했다.

"오늘 촬영이지?"

"네."

"나는 자리 비울 테니까 잘들 하고 있어."

모처럼 만의 휴식이다.

조승현 실장이 한마디를 던지고 자리를 떠나려 하자, 선우가 생글거리며 물어왔다.

"실장님은 어디 계시게요?"

"너네 촬영이니까 나는 잠깐 자리 비우려고."

조승현 실장은 옷깃을 매만지며 담담하게 말했다.

"우리 애들 리얼리티 단체로 첫 출연하는데 축배라도 들어야지."

축배를 외치는 표정이 어째…….

삭막하기 이를 데 없다. 제현은 조승현 실장을 빠히 바라보며 묵직한 한마디를 건넸다.

"축배 맞죠?"

"야."

다행히 조승현 실장은 눈치채지 못한 거 같지만, 선우는 눈치를 주며 제현을 뒤로 끌었다.

"왜들 그래. 리얼리티인데 사이좋게 지내."

"네!"

"즐겁게 마시고 오세… 악! 또, 왜!"

이번엔 도영이다. 단체로 실언을 하고 있는 멤버들이 덜컥 불안해진 송준희 매니저는 어색한 미소를 지으며 조승현 실장을 황급히 마중했다.

"야, 다들 조용히 해."

"축배는 아닌 거 같아서."

"소주 한 병 혼자 까시는 거 아닐까."

유찬은 심각한 얼굴로 혀를 찼다. 도영은 대수롭지 않다는 듯 그런 유찬의 말을 받아쳤다.

"에이, 뭐. 이런 날 혼자 마시고 그러는 거지. 취해서 전 여친한테 전화만 안 걸면 돼."

"그거 막아드려야 하는데."

참으로 걱정도 많다. 훈훈함인지 무서움인지 알 수 없는 멤버들의 대화를 들으며, 상준은 자세를 고쳤다.

저편에서 제작진들이 불렀기 때문이었다.

"촬영 들어갈게요!"

스태프의 활기찬 한마디와 함께, 카메라에 빨간 불이 들어왔다.

*   *   *

"쌤, 이거 동작 어떻게 들어가요?"

"원투 한 다음에 바로 들어가라고. 한 박자 늦게 들어가는데, 제현이?"

"다시 할게요……."

거친 숨소리만 가득 찬 연습실. 김광현 선생의 스파르타식의 수업이 이어졌다. 상준은 생기가 넘치는 얼굴로 손을 들었다.

"저, 이거 한 번만 더 알려주시면 안 될까요."

"그럴까."

"그… 안 쉬나요."

조심스럽게 눈치를 보며 도영이 건넸던 말은 바로 묻혔다.

'편하게 하시면 돼요, 카메라 없다 생각하시고.'

막상 그렇게 말을 건네긴 했지만.

세 시간을 넘게 이어지는 안무 수업에 막내 작가의 얼굴은 당혹감으로 물들었다.

'진짜 연습만 한다고……?'

물론 편집돼서 괜찮은 그림만 살릴 예정이긴 하지만.

'살릴 것도 없잖아.'

"자, 다시 연습 시작하자!"

"아아악."

갑자기 장르가 리얼리티에서 다큐멘터리로 전환된 느낌이다.

"저, 저기요."

삶의 체험 현장쯤 되는 듯한 멤버들의 얼굴을 보며 발만 동동 거리던 송준희 매니저가 입술을 잘근 깨물었다.

'이거 애매한데.'

김광현 선생이야 언제 어디서든 수업을 진행하는 스파르타 체질이고, 멤버들도 해맑게 따라가고 있으니 눈치채지 못했겠지만. 그걸 무작정 기다리며 서 있는 송준희 매니저는 살얼음판 같은 뒷공기를 체감했다.

'뭐라도 해야 돼.'

송준희 매니저는 앞으로 나서며 어색하게 웃었다.

"애들 다음 스케줄이 있어서."

와.

제작진들에게서 탄성이 튀어나왔다.

"드디어······."

"어디로 가는 거야?"

"연습은 끝난 거 같은데."

송준희 매니저는 뿌듯한 미소를 지으며 있지도 않은 다음 스케줄을 논했고, 덕분에 세 시간이 지나서야 연습실을 벗어날 수 있었다.

"와아아악!"

"연습 끝! 개좋다, 진짜."

"야, 말조심."

"아, 맞다. 카메라."

도영은 두 팔을 휘적이며 카메라를 뒤늦게 응시했다.

'카메라 의식하지 마세요, 아셨죠?'

그제야 제작진의 말이 떠오른 도영은 갑자기 경직된 표정으로 쌩하니 카메라를 지나쳐 갔다.

그걸 가만히 지켜보고 있던 막내 작가는 다시 멍한 얼굴이 되었다.

'너무 티 나잖아……'

그래도 이게 나름 신인들을 보는 맛이 아닐까.

막내 작가는 머리를 긁적이며 자리를 떴다.

그다음 촬영 장소는 숙소로 가는 차 안.

"형, 숙소 바로 가는 거지?"

"오늘 치킨 파티 한다던데."

"치킨?"

"와, 이걸 이런 날에 줘?"

도영은 감탄하며 뒷자석에서 말을 속사포로 뱉어냈다.

"나, 너무 행복한 거 같아."

"치킨… 치킨……."

치킨 못 먹어서 죽은 귀신처럼 중얼거리는 제현을 뒤로하고. 송준희 매니저는 긴장한 얼굴로 운전대를 잡았다.

평상시처럼 숙소로 가기만 하면 되는데, 눈앞의 카메라 너머에 수많은 시청자들이 있을 거라고 생각하니 그럴 수도 없었다.

'분위기를 띄워야 하나.'

"얘들아."

"네?"

긴장감에 몸이 덜덜 떨릴 지경이었지만, 아까부터 줄곧 막혀 있었던 분위기를 풀어야 한다고 생각한 송준희 매니저다.

'연습은 충분히 했으니깐.'

송준희 매니저는 어색한 미소를 지으며 농담을 던졌다.

"세상에서 가장 인기 있는 벌레가 뭔지 알아?"

"네?"

"갑자기요?"

뜬금없는 송준희 매니저의 한마디에 탑보이즈는 단체로 혼란 에 빠졌다. 미리 상의한 것도 아니고 갑작스레 던진 말이었다.

'망한 거 같은데.'

상황 파악이 빠른 유찬은 능청스럽게 말을 던졌다.

"차도영 아니에요?"

"내가 벌레냐?"

"그래도 인기 있는 벌레 취급은 해주는 거야."

"…이리 와."

"아아악!"

송준희 매니저는 너털웃음을 터뜨리며 핸들을 꺾었다.

"그게 아니라……."

설마.

'말하지 마세요, 제발.'

상준은 불안한 표정으로 송준희 매니저를 바라보았다.

하지만, 불길한 예감은 현실이 되고야 말았다.

"스타벅스래."

"……."

"하하. 너무 재밌지 않냐. 얘들아? 얘들아……?"

차 안을 감도는 싸늘한 정적.

도영이 눈치를 살피며 창문을 천천히 열었다.

"…추워요."

"얘들아, 추울 날씨야. 추운데 왜 창문을 여니?"

"아니, 안 공기가 더 추운 거 같아서요."

"맞아요. 열의 평등."

제현은 고개를 격하게 끄덕이며 도영의 말에 공감했다. 유찬은 입술을 지그시 깨물며 제현의 귀에 작게 속삭였다.

"평형이겠지, 등신아."

"형이 더 등신이야."

저런.

옆에서 가만히 지켜보던 선우는 다급히 제현의 입을 틀어막으며 눈치를 줬다.

"다 들려."

"아, 맞다."

차 안이라고 그새 카메라를 까먹었다.

'내가 못살아.'

상준은 머리를 짚으며 창밖으로 머리를 식혔다. 어째 식히는 게 아니라 얼어가는 거 같지만.

그렇게 30여 분을 내달렸을까.

"매니저님?"

송준희 매니저의 얼굴이 다시 심각해졌다.

애당초 20여 분이면 충분히 도착할 만한 거리인데, 아직도 낯선 도로 한가운데를 달리고 있다.

「절대자의 감각」.

상준은 불안함을 직감하고 창밖을 빠르게 둘러보았다.

운전하는 내내 줄곧 긴장하고 있던 송준희 매니저.

그리고 평상시 그가 보여줬던 이미지.

둘을 조합하고 난 상준은 기겁하며 송준희 매니저에게 물었다.

"설마 길 잃으셨어요?"

"…어."

망했다.

*　　　　*　　　　*

"아니, 어떻게 수십 번을 간 길을 헷갈려요?"

"그것도 개그죠?"

"아, 그게……."

처음에는 일부러 그러는 줄 알았지만 한 시간을 헤매서 돌아온 걸로 봐선 진심이었다. 도영은 깊은 한숨을 내쉬며 숙소에 도착하자마자 소파에 몸을 던졌다.

"긴장도 했고, 오늘따라 날이 흐려서."

"이미 해도 졌는데. 그게 무슨 상관⋯⋯."

"어쨌든 구름은 꼈잖아."

이건 또 무슨 논리야.

송준희 매니저는 다급하게 같은 말을 반복하며 길을 잃은 이유를 해명하고 있었다.

리얼리티 초반부터 열심히 헛발을 내딛고 있는 기분이다.

"하, 어렵네."

"저희 치킨 먹어요?"

"진실 게임 할까, 진실 게임?"

"어떻게 하는 건데?"

애들은 모처럼 만의 치킨 파티에 잔뜩 신이 나 있었다. 예능 경험이 많은 상준과 선우는 눈짓을 주고받으며 그럴싸한 게임들을 내놓았다.

자연스럽게 그쪽으로 유도해서 분량을 만들어내려는 계획이었다.

'다행이다.'

송준희 매니저는 진심으로 안도하며 급하게 챙겨두었던 소품들을 꺼냈다.

"거짓말탐지기인데."

"어, 숙소에 이런 것도 있었어요? 누가 줬⋯⋯. 아!"

"원래 있었잖아. 우리 지난주에도 했다고, 하하."

괜히 눈치 없이 중얼대던 제현은 유찬에 의해 응징됐다. 상준은 능청스레 자리에 앉으며 송준희 매니저를 재촉했다.

"매니저님부터 갈까요?"

"그, 그럴까."

아무래도 싸늘한 개그를 하는 것보단 이쪽이 나을 거 같다. 뭐라도 탑보이즈에게 도움이 되어야겠다고 판단한 송준희 매니저는 한층 더 조급해졌다.

"자!"

의욕이 넘쳐흐르는 표정으로 멤버들과 함께 둘러앉는 송준희 매니저. 시청자들의 눈에는 허물없이 즐겁게 지내는 매니저와 연예인의 모습으로 비칠 것 같다만.

"뭐 하지."

송준희 매니저는 결연한 표정 그 자체였다.

"…매니저님 좀 말려봐."

"이미 신나신 거 같은데."

"애들아, 나부터 시작해? 시작한다!"

송준희 매니저는 거짓말탐지기 위에 손을 올려놓고선 담담하게 말했다.

"물어봐, 아무거나."

"혹시 매니저님……."

그의 한마디에 예상치 못한 질문을 던지려던 유찬은 잠시 멈칫했다.

위이잉. 위잉.

송준희 매니저의 전화기가 진동을 내며 울려대고 있었다.

"뭐지?"

송준희 매니저는 당황한 기색으로 휴대전화를 확인했다.

조승현 실장.

"이 시간에 왜……."

뻔히 촬영 중이라는 걸 알고 있는 조승현 실장이 전화를 걸어올 리가 없다. 그것도 이렇게 갑작스럽게. 송준희 매니저는 의아한 표정으로 휴대전화를 귀에 붙였다.

그리고.

"……."

건너편에서 들려오는 소리를 들은 그의 얼굴은 이내 창백해졌다.

낮게 흐느끼고 있는 조승현 실장의 목소리.

—흐윽… 흑.

다른 사람 같지도 않은 걸로 보아선, 갑자기 이 시간에 전화를 걸어서 울고 있는 게 분명했다. 단 한 번도 이런 적이 없었기에, 송준희 매니저는 크게 당혹스러워했다.

"저… 실장님?"

불안하다.

방송이라 스피커폰으로 해두고 있었던 송준희 매니저는 두 눈을 끔뻑였다.

'설마.'

도영은 오전에 자신이 건넸던 말을 떠올렸다.

'취해서 전 여친한테 전화만 안 걸면 돼.'

아무리 생각해도 뭔가 심히 불안한데.

번지수를 잘못 찾은 듯한 기분.

—뭐야. 왜……. 대답이 없어. 번호 바꿨나……? 어떻게 그럴

수 있지, 진짜. 내가 서러워서.

이미 반대편은 잔뜩 취해 있는 거 같다. 심지어 술을 졸졸 따르는 소리까지 들려오는 걸로 봐선.

—그래도 내가……. 내가 말이야…….

'꺼야 한다.'

이 장면이 방송에 나가는 일이라도 일단 막아봐야 한다.

하루 종일 정신없이 멍해 있던 송준희 매니저지만 비교적 빠른 판단이 섰다. 그제야 스피커폰을 끄기 위해 황급히 손을 뻗는 송준희 매니저.

그 순간.

수화기 너머로 들리지 말아야 할 한마디가 전해졌다.

—…사랑했다.

툭.

"아."

송준희 매니저는 휴대전화를 떨어뜨렸다.

"…액정 깨졌다."

*　　　　*　　　　*

1. JS 엔터

2. 송준희

「설날 특선 파일럿 '밀착 탐구 생활' 탑보이즈 출연」

「'밀착 탐구 생활' 시청률 20프로 돌파, 놀라운 출발」

방송이 나간 후 실시간검색어는 그야말로 난리가 났다.

"와, 우리 회사가 실검 1위를 찍다니."

"매니저님, 저도 못 해본 2위를……. 너무 부러워요."

도영은 두 눈을 반짝이며 송준희 매니저에게 축하 인사를 건넸다.

"다들 박수!"

"짝짝짝."

"입으로 치지 말고."

"와아아아아!"

가만히 앉아 있던 유찬은 괜히 그런 도영에게 시비를 걸었다.

"근데 실검 1위 너도 찍어봤잖아. 논란 때… 아악!"

"저리 가. 이 자식아."

은근슬쩍 유찬의 옆구리를 세게 찌르는 도영. 유찬은 악 소리를 내며 옆으로 비켜섰다. 설날을 보내고 온 송준희 매니저의 얼굴은 유독 창백해 보였다.

"방송 보셨어요?"

"보셨어요?"

당연히 편집될 줄 알았건만 방송국 놈들이 놔둘 리가 없다.

조승현 실장은 머리를 싸맨 채 잠자코 앉아 있었다. 입이 열 개라도 할 말이 없어서였다.

"사랑했다아악!"

"아아아아악!"

"꾸엑! 아니, 왜 때려!"

"조용히 해, 이 자식들아!"

설상가상으로 저 녀석들은 신나게 놀려대고 있다. 도영과 유찬의 호들갑에 선우는 피식 웃음을 흘리며 말했다.

"역시 술 마시는 걸 막아드렸어야 했는데."

"맞다, 맞다."

멤버들이 뒤늦은 후회를 중얼거려봐야 의미가 없다. 제현은 못 말린다는 듯 혀를 차며 뜨겁게 달아오른 댓글창을 보고 있었다.

탑보이즈를 포함해서 세 팀이 출연했던 설날 특선 방송이었지만, 이야기는 전부 탑보이즈 팀에 쏠려 있었다.

단연 이번 프로그램의 주인공이라고 할 수 있었다.

이런 식으로 주인공이 되길 바란 건 아니었지만.

—아 ㅋㅋㅋㅋㅋㅋㅋㅋㅋㅋㅋ 이게 뭐야?

ㄴ왜 연예인과 매니저의 생활이 아니라… 사내 연애가 나오는 거야?

ㄴ'사내' 연애가 그 뜻이야?

ㄴ뭔 소리야 미친놈아

—매니저님 우리 탑보이즈한테 잘해주세요! 다른 곳에 한눈팔지 말고!

ㄴ너어는 진짜 나빠따

ㄴㅋㅋㅋㅋㅋㅋㅋㅋㅋ

ㄴ매니저님 그만 놀려!

ㄴ이거 근데 진짜 재밌던데 고정 프로 되는 거 아님?

└고정이라던데

└오옹오오오옹

―설날 특선이라서 기대 안 하고 봤는데 탑보이즈 팀이 젤 재밌더라

└ㅇㅈ

└매니저님 원맨 캐리

└아니지, 수화기 너머의 '그분'이…….

└그분이 누구임?

└몰라?

└탑보이즈 실장님이래요

└허억… 그런 거였어?

그새 휴대전화 액정을 갈아 온 송준희 매니저는 댓글은 저리 치우라는 듯이 손사래를 쳤다. 도영은 배를 잡고 깔깔대며 두 눈을 반짝였다.

방송까지 나가고 나니 자연히 궁금해진 것도 많았다.

"가족들이 뭐래요?"

"설날 때 다 같이 보셨어요?"

송준희 매니저는 멍한 얼굴로 고개를 끄덕였다.

"다 같이… 봤지."

그것도 대가족이 한데 모여서 거실에서 봤다.

'준희야, 너 TV 나온다니까.'

'그… 보지 마세요!'

'왜? 아니, 화면빨도 잘 받는구만.'

'그러게. 누구 자식인지 참 잘생기게 나온다.'

'크, 삼촌 출세했네요.'

흐뭇하게 TV에 나오는 아들을 바라보던 가족들은.

뒤이어 나온 한마디에 동시에 굳어버렸다.

'…사랑했다.'

'뭐야, 저게.'

'…응?'

'아아아악! 아무것도 아니에요!'

다급히 리모컨을 꺼보려고 했지만 슬프게도 그대로 나와 버렸

다고.

"푸흡."

어쩐지 오전부터 기분이 안 좋아 보이더니.

상준은 간신히 웃음을 참으며 송준희 매니저를 바라보았다.

"아버지가 그러시더라."

"뭐라고요?"

"여자 친구가 변성기 왔냐고."

"…아."

갑자기 숙연해진 실장실.

"크흠."

헛기침을 하며 눈치를 살피던 조승현 실장이 미안하다면서 어

색한 미소를 흘렸다.

"하하, 내가 그때 정신이 좀……."

"실장님은 기분이 좋아 보이시네요."

이미 다 전해 들었다는 듯이 생글대고 있는 도영.

조승현 실장은 인상을 찌푸리며 혀를 찼다.

"벌써?"

"정보통이라 모르는 게 없답니다."

"하여간, 무서운 녀석들."

사실 방송이 나가고 나서 가장 큰 수혜자는 조승현 실장이었다. 방송이 끝나자마자 그걸 봤던 여자 친구가 연락이 왔단다.

도영은 의미심장한 미소를 지으며 은근히 물었다.

"잘되셨어요?"

"……."

입가에 걸려 있는 미소를 보니 그런 것 같다.

유일한 피해자는 아무리 봐도 이쪽.

"하."

"매니저님 오늘은 쉬시는 게……."

"정신적 충격이 크신 거 같은데."

송준희 매니저의 확실한 화제 몰이 덕에 기분 좋은 소식들이 계속해서 쏟아졌다.

띠리링―.

"어?"

조승현 실장이 전화를 내려놓자마자 다음 전화가 이어졌다.

갑자기 분주해진 조승현 실장.

놀란 눈으로 끔뻑이고 앉아 있던 멤버들은 수화기 너머로 들려오는 말을 들으려 했다.

"아, 해외 수출이요? 그렇게 반응이 좋았어요? 아, 애들이 잘해서라고요? 아이, 아닙니다. 제가 감사하죠."

저녁 시간대에다가 사람들의 관심이 쏠린 덕에 파일럿임에도 무려 20프로가 넘는 시청률이 나왔다. 고정 프로그램으로 확정된 것만 해도 경사라 할 만한 일인데.

해외 수출이라니.

정식 편성도 전에 해외 수출이 결정 나는 경우가 몇이나 있을까.

해외에 팬이 많은 탑보이즈 덕분이라는 제작진의 감사 인사를 받느라 정신이 없었던 조승현 실장은 한참이 지나서야 전화를 끊었다.

이번 프로그램 덕분에 해외에서의 입지를 더욱 다질 수 있는 기회가 생겼다.

후.

"고정 출연 섭외도 왔다."

"진짜요?"

"와, 대박."

겹겹이 경사가 쏟아지는 날이었다.

"하하……. 너무 행복하네요."

물론.

한 사람 빼고.

*　　　　*　　　　*

"하."

「밀착 탐구 생활」 첫 방송이 나간 후.

짙은 한숨을 내쉬며 멀쩡한 손톱을 물어뜯고 있는 남자가 있었다.

"거슬려 죽겠네."

서 PD는 짜증 섞인 말을 뱉으며 인터넷 화면에서 눈을 떼지 못했다.

탑보이즈는 아직까지도 실시간검색어에서 내려갈 생각을 하지 않았다. 처음에는 해프닝에 쏠려 프로그램에 관심을 가졌던 팬들이, 이제는 탑보이즈에 관심을 보이고 있었다.

'이런 식의 마케팅을 해?'

물론 마케팅은 아니었지만.

연출된 상황이라고 판단한 서 PD는 신경질적으로 서류를 집어 던졌다. 방에 아무도 없었기에 망정이지, 지금의 그는 쉽사리 감정을 조절할 수 있을 것 같지 않았다.

사실 이번 프로그램도 그와 깊이 연관이 있었으니까.

'내 편성을 낚아채다니. 상도덕도 없는 새끼들.'

원래 그 자리에 편성을 먼저 받으려 했던 건 서 PD다.

방송국에서 점점 입지를 잃어가고 있는 탓에 편성권마저 뺏겼는데, 그 프로그램이 잘되기까지 하니 분노가 타오른다.

거기에 마음에 들지 않는 얼굴들이 끼어든 것 또한 서 PD의 분노를 자극하는 이유였다.

"허구한 날. 낄 데 안 낄 데 모르고 덤벼들지."

벌써 몇 번의 훼방인지.

서 PD는 살벌한 눈길로 기사 사진 속의 탑보이즈를 노려보았다.

마음 같아서는 노트북을 던져 버리고 싶었던 찰나.

똑똑.

문밖에서 누군가 인기척을 냈다.

"들어와."

서 PD는 의자를 뒤로 빼며 담담하게 말을 뱉었다. 방금 전까지 살기 어린 눈으로 모니터를 노려보던 눈길은 어디로 가고, 제법 차분해진 목소리였다.

"무슨 일로 부르셨어요?"

신입 때부터 본 게 엊그제인데 벌써 7년 차가 된 후배.

이주연 피디가 그의 앞에 서 있었다.

"아."

서 PD는 의미심장한 미소를 입가에 띤 채 그녀더러 앉으라고 말문을 열었다.

"탑보이즈 알지?"

"알죠. 요새 핫하잖아요."

블랙빈을 따라잡을 속도로 미친 듯이 성장하고 있는 신인이다.

사실 2년 차에 불과했지만 신인이라고 말해도 되나 싶을 정도였다.

해외 활동을 위주로 했던 블랙빈이다 보니 국내 인지도는 이제 맞먹을 정도였으니까.

"예능도 잘하고, 상준이랑 선우인가. 둘은 연기도 잘하던데요. 이번에……."

"됐고."

이 자리에서까지 그 녀석들의 칭찬을 듣고 싶지 않다.

서 PD는 살짝 짜증을 내며 손사래를 쳤다.

이주연 피디를 적극적으로 밀어주며 곁에 둔 이유가 있었다. 이런 면에선 확실하고 똑똑한 사람이니까. 지금 믿을 사람은 그녀밖에 없었다.

좁아진 입지를 다시 확실히 하고 탑보이즈도 이참에 묻어버리겠다는 계획.

"걔네 약점 잡을 만한 거 없어?"

"약점이요?"

이주연 피디는 고개를 갸우뚱해 보이며 되물었다.

서 PD는 의아해하는 그녀에 답답한 기색이었다.

"기왕이면 자극적인 거."

"그런 게 사실 있을 만한……. 연차가 아니잖아요."

갓 데뷔한 신인이 데뷔 전 사고를 치지 않았고서야 딱히 잡아낼 만한 건수가 없었다. 보통 연애설이 터질 즈음이 아니기도 했고, 그런 낌새도 보이질 않았다.

"기자들이 아무리 과거 털어봐도, 딱히 나온 것 없는 거 아니었어요? 걔네 이미지 좋잖아요."

딱 한 번 빼고는 논란도 없었다.

물론 그 논란을 만들어낸 사람이 그녀의 눈앞에 있지만.

이주연 피디는 서 PD의 예상대로 똑똑한 사람이었다. 그녀는 부담스러운 표정으로 말끝을 흐렸다.

"파도 안 나올 거 같은데."

"그거야 모르는 거고."

서 PD는 확신했다. 고의적으로 자신을 농락할 정도로 배짱이 큰 녀석들이라면, 분명 보이지 않는 데서는 성격도 장난 아닐 거라고.

"이 바닥에 앞뒤가 다른 놈들이 얼마나 많은데."

"그렇긴 하죠."

방송에서는 사근사근 대해놓고선 상상도 못 한 일들을 터뜨린다든가. 이미지가 좋았던 연예인들이 하루 만에 추락하는 경우도 빈번했다. 이주연 피디는 고개를 끄덕이며 서 PD의 말에 수긍했다.

그가 저렇게까지 말하는 데는 분명 이유가 있을 터.

"어떻게 할까요?"

이주연 피디는 담담한 목소리로 물었다.

그리고.

"음악방송 대기실 카메라 있지?"

"대기실이요?"

멤버들이 대기하는 곳.

합의하에 카메라를 설치하는 경우도 있었지만.

서 PD의 눈빛을 확인한 이주연 피디는 직감했다.

"실수로 켜졌다고 하면 되잖아."

사석에서 건수 잡아내 보자고.

*　　　*　　　*

"와아아아."

"형, 이거 먹어도 되는 거야?"

"먹어도 되니까 놔두지 않았을까?"

다섯 명이 우르르 들어오자 조용하던 대기실은 순식간에 난장판이 된다.

"자유롭게 얘기 나누시고 계세요."

"네!"

"방송 시작하면 연락드릴게요."

잠시 후 대기실 리얼리티를 진행하겠다고 이미 말을 꺼내놓은 상태. 카메라에 별 관심이 없는 멤버들은 고개를 끄덕이고선 자리에 앉았다.

제작진들이 모두 떠난 대기실. 멤버들만 있는 사석이다 보니 편한 대화가 오고 갔다.

"아욱, 어제 연습 너무 빡셌다니까."

"그거야 일상이고. 아, 맞다."

"어?"

편하게 의자에 반쯤 드러누워 있던 도영이 두 눈을 반짝이며 입을 열었다.

"이번에 더블틴 신곡 나온 거 알아?"

어딘가 날이 서 있는 듯한 도영의 목소리.

지난 싱글 컴백 때 1위를 줄곧 유지하던 탑보이즈를 컴백으로 끌어내렸던 것이 바로 더블틴이었다.

"하, 진짜 신곡……."

인지도로 치면 탑보이즈보다 한 수 위라고 볼 수 있는 4년 차 아이돌. 더욱이 노래와 분위기 컨셉도 비슷하다 보니 라이벌이라고 불리곤 했다.

갑자기 그들의 얘기를 꺼낼 만한 이유는 하나밖에 없었다.

이야기를 듣고 있던 한 사람의 얼굴에 화색이 돌았다.

'그래, 질투가 안 나면 사람이 아니지.'

문밖에 서 있던 이주연 PD는 확신에 찬 얼굴로 중얼거렸다.

"까라… 까라."

건수를 잡았다고 생각한 이주연 PD는 이내 당황했다.

"…겁나 좋더라."

"인정."

"내 인생곡인 듯."

'어?'

뭐가 이렇게 해맑아……?

제5장

사람은 쉽게 변하지 않는다

"그러니까, 이게 방송분이라는 거지?"

서 PD는 만족스러운 미소를 지으며 이주연 피디가 건네는 USB 파일을 받았다. 대기실 리얼리티를 본격적으로 촬영하기 전에 탑보이즈의 사담을 고스란히 담아두었을 파일.

"한번 볼까."

이주연 피디가 은근히 자신의 눈치를 살피고 있는 것을 알아채지 못한 서 PD는 콧노래를 흥얼거리며 영상을 클릭했다.

'뭐라도 건졌겠지.'

사실 이런 사적인 자리에서는 하나쯤 건져낼 만한 얘기가 나오곤 한다. 일반인에겐 일상적으로 받아들일 수 있는 얘기도 더 엄격한 잣대를 들이밀 수 있으니.

'뒷담이라든가.'

혹은 연애설이라든가.

"들어봤어?"

"그게……."

서 PD의 물음에 이주연 PD는 확신이 없는 얼굴로 말끝을 흐렸다. 초반에 워낙 훈훈한 분위기만 오고 간 탓에 실망하고 자리를 떴던 그녀. 그 뒤로 전체 영상을 확인해 보지 않고 곧장 달려온 거긴 하지만.

'쓸 만한 게 있을까.'

트집을 잡으려 해도 너무 맑아 보이는 녀석들이었다.

사실 서 PD가 이렇게까지 물고 늘어지는 게 이해가 가지 않을 정도로.

서 PD는 의아한 눈길을 보내고선 영상에 시선을 고정했다.

그리고.

"…뭐야?"

―그거… 노래 개좋아.

―개가 뭐냐, 개가.

―멍멍이 좋아. 아무튼 들어. 안 들었으면 이제 아는 척하지 말고.

―말을 어쩌면 저렇게 깜찍하게 할까.

"분위기 왜 이래."

라이벌이 될 만한 그룹의 이름이 몇 번 나오긴 했지만…….

'왜 다 칭찬이야?'

뭐 이리 음악을 사랑해.

서 PD는 부들대며 초조하게 침을 삼켰다. 벌써 20분을 넘게 보고 있었는데 건져낼 만한 스토리가 단 하나도 없다.

"이쯤 되면 카메라 있는 거 안 거 아냐?"

"그건 아닌 거 같아요."

이주연 피디는 서 PD의 의심에 곧바로 고개를 저었다.

애당초 카메라 불이 반짝거리는 것조차 막기 위해 스티커를 살짝 붙여둔 상태였다.

처음부터 그쪽에는 눈길도 주질 않았으니 알았을 리는 없을 거라고 판단했다. 이주연 피디는 두 손을 모은 채 조심스레 말을 이었다.

"그게 아니라 애들이 그냥 착하더라고요."

"뭐?"

"그……"

느낀 점이 그런데 뭐라 할 수 있을까.

이주연 피디는 난처한 얼굴로 머리를 긁적였다.

"아무리 뒤져도 건수가 안 나……."

"나왔네."

"네?"

반쯤 포기한 채 신경질을 내고 있었던 서 PD의 표정에 화색이 돌았다.

—너, 걔 좋아해?

"하."

역시 사적인 대화에서 건수가 잡힐 수밖에 없다.

서 PD는 확신에 찬 표정으로 고개를 끄덕였다.

"찾았다."

*　　　　　*　　　　　*

"네, 조승현입니다."

띠리링―.

아침부터 요란하게 울려 퍼지는 벨 소리.

사무실의 전화를 별생각 없이 집어 들었던 조승현 실장의 얼굴이 굳어졌다.

"지금… 뭐라고요?"

수화기 너머로 전해져 온 충격적인 한마디에.

조승현 실장은 그대로 멍한 얼굴이 되었다.

"제현이가 연애설이… 터졌다고요?"

툭.

조승현 실장은 손에 들고 있던 전화기를 놓치고야 말았다.

허언인 줄만 알았던 한마디는 그렇게 엄청난 파장을 몰고 왔다.

이미 난장판이 난 댓글창.

―이거 진짜야?

└찌라시 아니야?

└이미 기정사실화된 모양이던데 녹음본도 올라옴 ○○

└진짜 미친 거 아니냐?

ㄴ데뷔 2년 차가 깡도 좋다 ㅋㅋㅋㅋㅋㅋㅋ

―아이돌도 연애할 수 있는 거 아니냐? 솔직히 아이돌도 사람인데 ㅋㅋㅋ

ㄴ그럼 들키지나 말든가 ㅋㅋㅋ

ㄴ아… 나 충격이 너무 큰데;; 다른 애는 다 그래도… 난 제현이는 진짜 순수할 줄 알았는데…….

ㄴ다 이미지메이킹이지 ㅋㅋ 그걸 믿냐

ㄴ어휴 팬들 배신감 어떡함?

―아… 오늘부로 탈덕합니다

ㄴ2222222

ㄴJS는 왜 아무 말도 없어?

ㄴ녹음본 미쳤던데 ㅋㅋㅋㅋㅋ

ㄴ내용 들어봐라 장난 아님

ㄴ대기실에서 저렇게 대놓고 말할 정도면 뒤에선 답 나왔지 ㅋㅋ

초록창의 실시간검색어에는 이미 제현의 이름이 도배되어 있었다.

탑보이즈에서 순수한 이미지를 맡고 있던 제현에게 터진 연애설.

팬카페도 자연히 난리가 날 수밖에 없었다.

사실 연애설 자체로도 신인에겐 큰 타격이겠지만.

문제는 너무도 확고해 보이는 녹음본이었다.

―너, 걔 좋아해?

―이상형이 그런 스타일이었냐

─좋아하지. 하얗고 귀엽잖아.

─그래서 맨날 안고 자는 거야? 숙소에서 끼고?

─엉. 귀엽잖아.

─캬, 팔자도 좋다, 니들은.

담담하게 던진 제현의 말은 이미 팬들 사이에서 한바탕 파장을 만들어내고 있었다. 팬들이 옹호하기에도 너무 확실하게 나와 버린 멘트.

팬들은 녹음본에 나온 이름을 찾아내느라 바빴다.

─그래서 이름도 나옴?

ㄴ무밍이라는데;; 데뷔한 애는 아닌 거 같고 연습생 같음

ㄴJS 연습생이라는 소리 돌던데

ㄴ거기는 대체 연생 관리를 어떤 식으로 하는 거임? 미친 거 아니냐;; 연예인이랑 연생이랑 그 지경이 날 때까지 지켜보고 있다고?

ㄴ안고 자? 안고 자? ㅅㅂ 손모가지 부셔 버린다

ㄴ그것도 숙소에서 ㅋㅋㅋㅋ 아 ㅋㅋㅋㅋㅋㅋ

ㄴ오피셜 아니잖아!!! 다들 정신 차려

신빙성 있는 사이트에서 정식 기사로 뜬 게 아님에도 찌라시만으로 이미 난리가 났다.

무밍이라는 무명의 연습생과 터져 버린 연애설.

조승현 실장은 수습하기 버거울 정도로 커진 상황에 당황해

서 손을 뗐다.

"빨리… 빨리……."

일단 애들의 말을 들어봐야 한다.

'뭔가 잘못된 거야. 그럴 리가 없어.'

몇 년을 봐왔다. 제현을 믿고 있는 조승현 실장은 그의 입에서 제발 희망적인 얘기가 나오기를 바랄 수밖에 없었다. 이미 여론이 극도로 나빠진 상태긴 하지만, 사실관계만 밝혀진다면 얼마든지 뒤집을 수 있었다.

'그래도 아직은 괜찮아.'

무작정 탑보이즈를 비난하는 팬들도 있었지만, 아직은 감싸주는 팬들이 많았다.

ㅡ나는 우리 애 믿어

ㄴ이거 조작 아님?

ㄴ조작 맞는 듯. 우리 제현이 목소리가 저렇게 로봇 같지 않아

ㄴ이거 소리 연구소에 분석 자료 넘겨야 할 거 같은데?

ㄴ넘기자 넘기자

ㄴㅠㅠㅠ 우리 애들 누명 벗겨줘야 해… 진짜 ㅠㅠ 그럴 리 없어… 아니라고 말해줘…….

ㄴ그리고 지칭도 너무 애매함. 이거 아무리 봐도 짜 맞춘 거 같은데

ㅡ근데 멤버들 연애설은 연애설이고 이거 녹음본은 어떻게 딴 거야? 도청 아님?

ㄴ내 말이;; 애들은 연애한 죄밖에 없지만 이거 유포한 새끼는

범죄자임

ㄴㄹㅇ 이거 수사 들어가야 함

아직은 가닥조차 잡히지 않은 유포자에 대한 욕설도 주를 이루었다.

"일단 옹호 기사 띄우고, 애들 올 때까지는 해명 대기해."

조승현 실장은 거친 숨을 뱉으며 머리를 짚었다. 밀려오는 스트레스에 금방이라도 탈진할 거 같다고 느낀 순간.

벌컥—.

문을 열고 익숙한 얼굴들이 들어왔다.

"실장님!"

놀란 눈으로 한달음에 달려온 상준.

그리고 뒤에서 영문을 모르겠다는 얼굴로 눈을 굴리고 있는 제현.

"연애설이 왜 터져요?"

"제현이가요?"

"저요……?"

구체적인 사안까진 전해 받지도 못했다.

제현의 연애설이 터졌으니까 바로 실장실로 튀어 오라는 소리만 들었을 뿐. 애들이 상처받을까 봐 댓글은 아예 보지도 못하게 한 상태였다.

고로, 녹음본에 대해서도 모른다.

조승현 실장은 다급히 탑보이즈를 앉혔다.

"지금부터 똑바로 말해야 해."

사안이 사안이다. 평상시라면 놀란 멤버들을 어르고 달랬을 조승현 실장이었지만 오늘은 그럴 여유가 없었다. 신중함 그 자체인 조 실장의 표정. 그 안엔 평상시의 온기가 담겨 있지 않았다.

"솔직하게 있는 대로 다. 그렇게 말해줘야 내가 도와줄 수 있어."

적어도 사실관계는 파악해야 도와줄 수 있다는 말이었지만.

"…네."

제현은 이미 완전히 겁에 질려 있었다.

선우는 걱정스러운 얼굴로 제현의 어깨를 토닥였다. 일단 제대로 상황을 모르는 입장에선 조 실장의 말부터 들어야 했다. 상준은 침착한 목소리로 입을 열었다.

"어떻게 된 거예요?"

"제현이 연애설이 터졌어. 나름 근거 있어 보이는 녹음본도 나왔고."

"녹음본……?"

「절대자의 감각」.

상준은 싸한 기분에 인상을 찌푸렸다.

그럴 리가 없었다. 애당초 지난 며칠의 기억을 되짚어봤을 때 의심스러울 말이 없었을 뿐더러, 평상시 제현의 행동에서도 연애설이 터질 만한 부분이 없었으니까.

마음이 여린 선우는 이미 울상이 되어 제현보다도 적극적으로 해명하고 있었다.

"진짜……. 뭔가 잘못된 거예요. 그럴 리가 없어요. 제가 24시간 애 옆에 붙어 있었는데."

"……."

"괜찮아, 제현아. 형이 해명해 줄게."

제현은 덜덜 떨면서 선우의 팔을 붙들었다. 어찌나 떨고 있는지 멀찍이서 지켜보고 있던 송준희 매니저는 씁쓸한 탄식을 뱉어냈다.

'그럴 리가 없지.'

이 자리에 있는 모든 이들이 그렇게 생각했다.

상준은 최대한 이성을 붙들고선 단호하게 말했다.

"들려주세요, 녹음본."

아니, 그 전에.

일단 여론부터 체크해야 한다.

상준은 입술을 잘근 깨물며 휴대전화를 건네받았다.

"보지 않는 게 좋을 텐데."

송준희 매니저가 걱정스레 덧붙이는 말에도 상준은 확고했다. 일단 어떤 식으로 수습해야 할지 알기 위해서는 반응부터 마주해야 한다.

하지만.

"하."

막상 직접 눈으로 봤을 때는 참담한 수준이었다.

각종 커뮤니티 댓글들은 이미 인신공격에 가까운 글들을 쏟아내고 있었고, 돌아섰다는 팬들도 종종 보였다.

'이렇게까지.'

아직 어린 애한테 저러고 싶을까.

상준은 두 눈을 질끈 감으며 깊은 탄식을 뱉었다.

급하게 훑어서 정확히 무슨 상황인지는 알 길이 없지만.

상준은 애써 담담한 목소리로 말을 던졌다.

"그 확실하다는 녹음본 들어봐요."

"그런 게 있을 리가 없지."

"그렇다니까."

"조작일 거야. 제현아, 너무 걱정하지 마."

조승현 실장은 이미 들었던 녹음본을 참담한 마음으로 틀었다.

이게 조작인지 아닌지는 당사자들이 가장 잘 알겠지.

녹음본이 시작되자마자 실장실 안에는 훌쩍이는 소리와 침묵만이 감돌았다.

그리고.

—너 걔 좋아해?

—이상형이 그런 스타일이었냐

—좋아하지. 하얗고 귀엽잖아.

—무밍이가 귀엽긴 하잖아. 모든 남자들의 이상형이지.

"흐윽… 흑."

우는 제현을 달래며 침착하게 녹음본을 듣고 있던 멤버들의 표정이 오묘해졌다.

"니들 목소리 맞아?"

사실 조승현 실장이 듣기로는 누가 봐도 탑보이즈의 목소리가 맞았다. 조작되었다고 판단하기 애매할 정도로 너무 익숙한 목소리들.

그래서 더 판단이 흐려졌다.

조승현 실장은 지푸라기라도 잡는 심정으로 상준에게 물었다.

"맞아?"

"맞는데……."

아.

조승현 실장의 표정이 급격히 어두워졌다. 희망의 불씨가 완전히 사그라드는 기분이었다.

'무밍이가…….'

혼란스러워 보이는 멤버들.

그 사이로 간신히 정신을 차린 조승현 실장이 힘겹게 물었다.

"어떤 여자야."

"그게요, 실장님."

"이제현, 네 입으로 직접 말해봐."

뒤늦게 상황 파악이 된 상준과 아직 멍해 보이는 제현.

"흐윽… 흑."

서럽게 훌쩍이던 제현은 떨리는 목소리로 입을 열었다.

"…인형이요."

*   *   *

"흐윽… 흑."

무밍을 품에 안고선 서럽게 울고 있는 제현.

조승현 실장은 머리를 짚으며 수습하느라 바빴다.

제현의 미공개 연애 상대가 알고 보니 인형이었다는, 다소 황당한 내용의 기사들을 뿌리기 위해서였다.

회사가 한바탕 난리가 났는데도 겁에 질린 제현은 무밍이만 안고 있었다. 아까부터 덜덜 떨길래 송준희 매니저가 급하게 챙겨 온 녀석이었다.

제현은 아련한 눈빛으로 작게 중얼거렸다.

"우리 무밍이……."

새하얗고 하마를 닮은 무밍이.

외로울 때마다 머리맡에 두고 말을 걸었는데…….

"지켜주지 못해서 미안해."

"뭔 소리 하는 거야, 얘는."

상황이 황당한 것은 유찬도 마찬가지였다. 살다 살다 인형과 연애설이 나는 경우를 보다니.

이렇게 된 이상 마냥 웃어넘길 수 있는 헤프닝은 아니었다. 사적인 자리에서 아무 생각 없이 주고받았던 말을 악의적으로 퍼뜨린 누군가 때문에 벌어진 일이니까.

"네, 확인해 주세요. 일단 올라간 기사들 정정해 주시고요."

조승현 실장이 홍보 팀에 연락을 취하는 동안, 유찬은 그 원인을 찾아내기에 바빴다.

"야, 이상형 운운한 놈 누구야."

다른 말은 다 그렇다 쳐도.

―이상형이 그런 스타일이었냐

―좋아하지. 하얗고 귀엽잖아.

―무밍이가 귀엽긴 하잖아. 모든 남자들의 이상형이지.

분명 저 멘트가 팬들에게 오해를 산 게 확실했다.

유찬이 싸늘한 눈길로 멤버들을 훑자 눈치를 보고 있던 도영이 살짝 손을 들었다.

"…난데."

"네가 말을 그따위로 하니까 사람들이 오해하잖아."

"켁."

도영은 억울하다며 항변했지만 유찬에겐 씨알도 먹히지 않았다.

유찬은 기가 찬다는 듯 제현이 안고 있는 무밍을 뺏어버렸다.

"으엥?"

무밍을 뺏긴 제현이 눈을 끔뻑이자, 유찬은 어이없다는 표정으로 말을 쏟아냈다.

"언제부터 무밍이가 모든 남자들의 이상형이었어. 니들 둘이나 좋아하지."

"……!"

문제는.

유찬의 한마디에 둘이 동시에 일어났다는 것.

무밍이가 원 픽이라며 중얼대던 제현은 둘째 치고, 도영까지도 잔뜩 화가 났다.

"지금 우리 무밍이 무시해?"

"무시해?"

앵무새처럼 쏘아대는 도영과 제현을 돌아보며, 상준은 깊은 한숨을 내쉬었다. 손사래를 치며 셋을 말리는 상준.

"앉아, 앉아."

일단 조승현 실장이 대강 수습했으니 오늘 중으로 기사가 뜰 터였다. 그러고 나면 금방 수습될 문제다. 애당초 JS 엔터에 무밍 이라는 연습생조차 없었다는 사실을 밝혀내기만 하면 되니까.

되도 않는 거짓말이냐며 괜히 물고 늘어질 안티들도 있겠지 만, 대다수는 수긍하고 넘어갈 테니.

그런 상준의 예상은 맞아떨어졌다.

「탑보이즈 제현 연애설 '사실 아냐', 알고 보니 인형 때문에 벌어진 해 프닝」

「JS 엔터 허위 사실 유포자 찾고 있어」

─???????????? 인형이라고?

└그… 무밍이 그 무밍이었어?

└무밍이가 하얗고… 귀엽긴 하지…….

└ㅋㅋㅋㅋㅋㅋㅋㅋㅋㅋㅋㅋㅋㅋㅋㅋ

└아니, 어이가 없어서 헛웃음만 나오네 물고 뜯던 애들 다 어 디 감?

└빼박 증거 나왔죠? 아무 말도 못 하죠?

└고소 각 재냐 얘들아? 욕하던 댓글들 실시간으로 사라지네?

└근데 솔직히 연애설 터진다고 돌아서는 게 더 이상한 거 아니냐?

└이런 식으로 알고 싶은 팬들이 있겠냐?

└신인인 것도 한몫하지 아무래도

―시무룩해서 무밍이 안고 있을 제현이 떠올리니까 귀여운데 슬퍼 ㅠㅠ

└그래도 아니라고 결론 나서 너무 다행이다. 진짜 심장 떨어지는 줄

└누가 우리 애 상처 줬냐고 ㅠㅠㅠ

└얼마나 놀랐을까 우리 제현이가 가뜩이나 겁이 많은데ㅠ 내가 다 마음이 아픈걸……. 하여간 악플러 새끼들 조져 버려야 해. XX [차단된 댓글입니다]

└그라데이션 분노 ㅎㄷㄷ

└ㅋㅋㅋㅋㅋㅋ개무섭네

―이거 확실한 거 맞아? 괜히 말 같지도 않은 증거로 스리슬쩍 변명하는 거 아니지?

└가만히 있어라

└제발 눈치 챙겨

└처음부터 찌라시 들고 온 건 니들이고, 애들 깔 거 없다고 논란을 억지로 만드는 거 봐 ㅋㅋㅋㅋ

└근데 솔직히 녹음본까지 퍼뜨릴 정도면 다분히 악의적인데 누군지 아직도 안 나옴?

└방송이라던데?

└방송?

└무슨 방송?

간혹 끝까지 물고 늘어지는 사람도 있었지만 온탑의 공세로 금방 묻혔다. 거듭 자극적인 기사들을 쏟아내던 기자들도 이미

사라진 지 오래였다. 유찬은 기가 막히다는 듯 싸늘하게 말을 뱉었다.

"이야, 태세 전환 봐라."

오늘 오전만 해도 연애설이라면서 신나게 퍼다 올리던 기자가, 이번에는 저런 제목으로 헤드라인을 뽑고 있다. 상준은 기사 내용을 보며 인상을 찌푸렸다.

「사실관계 확인되지 않은 연애설에 쏠리는 사람들, 이대로 괜찮은가」

"이 기자 인성이 이대로 괜찮은지 모르겠는데."

송준희 매니저는 짜증 섞인 목소리로 상준이 할 말을 대신 꺼내놓았다. 웬만한 일에도 흔들리지 않고 항상 멤버들을 우선적으로 챙기는 그다.

그랬던 송준희 매니저가 이렇게 화나서 열변을 토하는 걸 보게 될 줄이야. 상준은 속으로 놀라며 물끄러미 그를 바라보았다.

송준희 매니저는 주먹을 치켜올리며 애써 장난스레 말을 뱉었다.

"하여간 이 자식들 잡히면 내가……."

"……."

"왜 그렇게 봐? 내가 질 거 같아?"

상준은 피식 웃으며 어깨를 으쓱였다.

"아니에요."

그만큼 애착이 가는 팀이니 저렇게까지 대신 화내주는 거겠지. 가장 힘들었을 순간에도 항상 지켜주는 송준희 매니저가 감사할 따름이었다. 상준은 흐릿한 미소를 지으며 잠시 숨을 돌렸다.

급한 상황은 대강 해결됐다.

하지만, 이대로 기뻐하기는 일렀다. 가장 중요한 문제가 해결되지 않은 상태로 남아 있었으니까.

"누가 퍼뜨린 걸까요."

선우는 심각한 얼굴로 입을 열었다. 처음 이 내용을 유포한 사람을 찾아야 뭐라도 할 텐데.

유찬은 신중한 표정으로 턱을 쓸어내렸다.

"아까 방송이라고 하지 않았어?"

"벌써 찌라시 돈 거야?"

인터넷에는 불확실한 정보들이 떠다니고 있었다. JS 엔터 스태프가 앙심을 품고 녹음본을 퍼뜨렸다거나, 방송계에서 탑보이즈가 찍힌 게 아니냐는 소문까지.

상준은 침착하게 기억을 되짚었다.

"방송은 맞아."

"맞다고?"

지난 주 화요일에 출연했던 음악방송.

「절대자의 감각」은 상준의 기억이 맞음을 입증하고 있었다.

상준은 차분한 목소리로 말을 이었다.

"저 말이 언제 나왔는지 기억 안 나?"

"아."

유찬은 인상을 찌푸리며 손뼉을 쳤다.

"맞네. 대기실에서 했던 말 같은데."

"대기실이라고?"

송준희 매니저는 자리에서 벌떡 일어났다. 생각해 보니 그때 대기실 예능 코너를 찍는다며 제의가 들어왔었다.

"그러니까 허락된 시간이 아닐 때, 카메라가 켜져 있었던 거 맞지?"

"그런 거 같은데."

아마 그쪽에선 녹화본도 있었을 터였다.

녹음본을 공개한 이유는 한 번의 파장을 더 퍼뜨리기 위해서였을 수도 있었다.

빠르게 대처하지 않았더라면 일이 더 커졌을지도 모른다.

"대체 누구야."

"진짜 이상한 놈이라니까."

"나는 누군지 알겠는데."

교활하게 상황을 조종하며 악의를 보일 만한 사람.

"알겠다고?"

"누군데?"

상준의 머릿속에는 한 사람밖에 떠오르질 않았다.

"서 피디."

*   *   *

딸깍.

문이 닫히자마자 송준희 매니저의 얼굴은 빠르게 굳었다.

"무슨 일이세요?"

"안녕하세요, 탑보이즈 매니저 송준희입니다."

"그건 들었어요."

이렇게 직접 찾아올 줄은 몰랐다.

송준희 매니저는 표정을 알 수 없는 얼굴을 하고 이주연 피디의 앞에 섰다.

"왜요?"

이주연 피디는 무거운 책을 탁자 위로 옮기면서 억지로 분주해 보이려 했다. 대충 말에 답해주면 알아서 나가겠지. 그런 안일한 생각이었다.

"방송 녹화본 유출 때문에요?"

"잘 아시네요."

"그거 실수로 나간 거예요. 애당초 카메라 튼 것도 실수라서, 되게 유감스럽게 생각해요. 용건 다 되셨으면 나가주시겠어요?"

이 거대한 사고를 쳐놓고선 저리도 뻔뻔하게 답할 줄이야.

"실수요?"

송준희 매니저의 목소리가 불안하게 떨렸다.

"제가 실수로 여기 엎어도 되겠네요, 그럼."

싸늘하게 식은 송준희 매니저의 한마디.

자신의 행동 하나하나가 탑보이즈를 대변할지도 모른다는 생각에 언제나 침착하게 행동했던 송준희 매니저다.

"……."

이주연 피디는 당황한 얼굴로 한 걸음 뒤로 물러섰다.

'원래 이랬나?'

항상 방송 밖에서는 생글거리면서 스태프들에게 인사를 건넸던 사람이었다. 평상시엔 유순해 보이던 송준희 매니저가 이렇게 발끈하고 나서는 건 처음이었다.

"엎을까요, 지금?"

"하."

이주연 피디는 떨리는 손으로 탁자를 움켜쥐며 간신히 기댔다.

'살 떨려 죽겠네.'

서 PD가 시킨 일에 무모한 걸 알면서도 따라갔다. 탑보이즈에게 악감정이 있는 건 아니었지만 어려울 때 도와준 선배의 말을 따를 수밖에 없었으니까.

'내가 왜 이 고생을.'

이주연 피디는 자신이 건드리지 말아야 할 걸 건드렸음을 직감했다.

그렇다고 그대로 물러서는 건 그녀의 자존심이 허락하질 않았다.

이주연 피디는 짜증 섞인 목소리로 말을 뱉었다.

"매니저고 연예인이고 다들 개판이야."

"네?"

이주연 피디가 노려보며 뱉은 말에 송준희 매니저가 즉각적으로 반응했다.

'개판이라는 건 둘째 치고.'

"방금 뭐라고 했어요?"

"둘이 와서 아주 달달 볶고. 다음에는 또 누가 찾아오는데요? 그쪽 실장님이 오실 건가요?"

뭘 잘했다고 저렇게 적반하장을 보이는 건지는 모르겠으나.

송준희 매니저의 관심은 다른 쪽에 쏠려 있었다.

"누가 찾아와요?"

"그쪽 연예인이요! 그것도 몰랐어요?"

이주연 피디는 몸서리를 치며 다시 한번 확답했다.

"새파랗게 어린 녀석이 아주 또박또박 살벌하게도 따지던데. 뭐야, 그것도 모르고 왔나 봐요?"

"그게……."

'누구지?'

송준희 매니저는 혼란스러워졌다. 조승현 실장이 찾아온 거라면 차라리 이해하겠는데.

"우리 애들이……?"

억울하게 당했으면 당했지, 누구에게 따질 만한 녀석들이 아니었다.

더욱이 이주연 피디를 찾아올 생각은 하지도 못했을 터였다.

"다 됐으면 가요. 두 번 다신 이런 일 없을 거니까. 누구는 이러고 싶어서 이런 줄 알아요?"

급격히 흔들리고 있는 송준희 매니저의 낌새를 눈치챈 이주연 피디가 더 악을 썼다. 일단 지금의 상황을 어떻게든 벗어나 보려는 그녀의 발악이었다.

원래 똑똑하던 사람이었지만 상황은 그런 판단력마저 잃게 만들었다. 물론 그녀의 뻔뻔함은 송준희 매니저에겐 통하고 말았다.

'어떻게 된 거야?'

패닉에 빠져 지금의 상황을 잘 파악하지 못하고 있었으니까.

"가시라고요!"

"……"

입을 꾹 다문 채 혼란스러워하는 송준희 매니저.

이주연 피디는 그런 그를 세게 떠밀었다.

그 순간.

"하."

끼이익.

"…뻔뻔한 거 여전하시네요."

열린 문 뒤에서 익숙한 목소리가 들려왔다.

놀란 눈으로 돌아선 송준희 매니저는 그대로 멈춰 섰다.

"네가 왜……."

문을 붙잡고 서 있는 낯설지 않은 얼굴은.

바로 상준이었다.

*   *   *

송준희 매니저는 당황한 얼굴로 입을 다물지 못했다. 지금 이 장소에서 상준을 만난 것만으로도 충분히 충격이었지만, 그보다도 놀라운 건 저 눈빛이었다.

'저랬던 적이 있었나.'

항상 연습에 빠져서 열의가 넘쳐흘렀던 상준. 그런 눈빛이라면 수없이 봐왔지만, 저리도 건조한 눈빛은 처음이었다.

송준희 매니저는 다급한 목소리로 상준을 붙들었다.

"상준아."

"전 분명 충분히 설명드린 거 같은데."

언성을 높이지도 않고, 문제 될 만한 언사를 하지도 않는다.

그저 담담한 목소리로 이주연 피디를 향해 말을 뱉을 뿐.

"……."

이주연 피디는 부들대며 제대로 말을 잇지 못했다. 아까 송준희 매니저 앞에서 쏘아붙이던 말도 상준에겐 나오지 않았다.

입술이 굳어버린 듯이 떨어지질 않는다.

"하."

한참이 지나서야 이주연 피디는 힘겹게 말을 뱉었다.

"피디님 이미 만나고 온 거 아니에요? 지금 나한테 할 말이 더는 없을 거 같은데."

"제가……."

싸늘한 눈길로 말을 이어가려던 상준.

그런 상준을 붙든 건 송준희 매니저의 손이었다.

분명 둘 사이에 무슨 일이 있었던 것 같은데.

아티스트를 보호하기 위해서라도 알 필요가 있었다.

"말해봐."

송준희 매니저는 떨리는 목소리로 천천히 입을 뗐다.

"어떻게 된 거야."

*   *   *

"네, 들어오세……."

끼이익.

문이 열리는 소리에 반사적으로 말을 뱉어내던 남자는 그대로 멈춰 버렸다.

"안녕하세요."

서 PD.

뒤에서는 그렇게 상준을 욕하던 인간이지만, 지금은 퍽 당황한 기색이었다. 서 PD는 상준을 올려다보며 인상을 찌푸렸다.

"뭐야?"

"피디님께 드릴 말씀이 있어서요."

상준은 무덤덤한 표정으로 서 PD를 물끄러미 바라보았다.

놀란 나머지 멍하니 앉아 있던 서 PD는 뒤늦게 조소를 머금었다.

"JS 엔터에서 시키기라도 했나?"

조금씩 신인 티를 벗어가고 있는 아이돌이라 쳐도 서 PD의 눈에는 그저 어린애일 뿐이었다. 연예계 경력으로는 비교도 안 됐고, 인생 경력으로 쳐도 매한가지였다.

'혼자서 이런 당돌한 일을 꾸몄을 리는 없고.'

당연히 허락이라도 받고 왔을 거라고 생각했던 서 PD다.

하지만, 상준은 의아한 목소리로 말을 툭 뱉었다.

"그럴 리가요. 단독으로 온 건데."

"뭐?"

"아예 모르거든요, 저희 매니저님은."

하.

서 PD는 기가 막히다는 듯이 웃음을 터뜨렸다.

"무슨 배짱이야? 말 한마디 없이 당장 쳐들어오는 건? 여기가 이렇게 막 찾아올 곳이 아닌데?"

"제가 좀 급해서요."

"왜? 이제 와서 내 프로그램이라도 출연하고 싶어졌나?"

줘도 안 먹어요, 그건.

상준은 차마 입밖으로 내놓지 못하고 웃음으로 대신했다.

있는 대로의 속마음을 다 쏟아낼 수 없는 건 아쉬웠지만, 그렇다고 아무 말도 없이 자리를 뜰 생각은 아니었다.

"…왜 그러셨어요?"

많은 의미가 담겨 있는 상준의 한마디.

서 PD의 표정이 이내 일그러졌다. 하지만, 여기서 흔들려서는 안 된다. 서 PD는 애써 침착한 얼굴로 퉁명스레 말을 뱉었다.

"무슨 소리 하는지 모르겠는데."

"녹음본, 피디님이 퍼뜨리신 거 아니에요?"

예상보다 직접적인 상준의 한마디에, 서 피디는 인상을 찌푸렸다.

대체 어떻게 알아냈는지는 모르겠으나 그냥 찔러보는 거라면 확실히 해둘 필요가 있었다.

"하."

서 피디는 신경질적인 목소리로 상준을 쏘아붙였다.

"이제는 급기야 있지도 않는 얘기를 지어내네. JS에서 그렇게 가르쳤나? 건수 생기면 피디 협박하라고?"

JS 엔터에서 눈에 불을 켜고 찾고 있던데.

사실 일만 키우면 충분히 찾을 수 있을 만한 문제였다. 적어도 이주연 피디는.

그걸 알고 미리 꼬리를 자르려던 게 분명했다.

"정말, 아니세요?"

상준이 되물어오자 서 피디는 황당하다는 듯 한숨을 내쉬었다.

"뭔 말 같지도 않은 소리야."

끝까지 변명을 한단 말이지.

상준은 어깨를 으쓱이며 말을 뱉었다.

"사실 이미 듣고 왔어요."

"⋯⋯."

차마 부정할 수 없는 상준의 한마디.

심지어 상준의 입에서 이주연 피디의 얘기가 나오자, 서 피디는 그대로 말문이 막혀 버렸다.

어차피 방송에서 유출된 녹음본이니만큼, 가장 먼저 잡히는 건 이주연 피디일 수밖에 없었다.

'분명 꼬리를 자르려고 들걸요? 그렇게 믿던 서 피디님이 피디님 과연 도와주실 거 같아요?'

'무슨⋯⋯.'

'설마 그분한테서 의리, 같은 거 기대하시는 건 아니죠?'

서 피디 대신 전부 책임을 지게 될지도 모른다는 상준의 조근 조근한 협박에 겁에 질려 모든 걸 털어놓았던 이주연 피디다.

'틀린 말이 아니야.'

이번 건은 서 PD가 반드시 자신을 버릴 거다.

그걸 예감했던 이주연 피디가 똑똑하게 내린 결정이었다.

덕분에 이렇게 서 PD를 마주할 수 있었고.

"왜 그러셨어요?"

아까와 똑같은 물음에 서 PD는 얼어붙었다.

쉽사리 조소를 머금을 수도, 무작정 따질 수도 없었다.

'뭐야.'

묘하게 두렵다.

수없이 많은 연예인들을 봐오면서 이런 분위기를 느낀 적이 있었던가.

침착한 얼굴로 자신을 바라보고 있는데도, 내면이 꿰뚫리는 듯한 느낌을 받았다. 저 포위망에서 벗어날 수 없을 거 같다는 느낌.

그리고.

그런 서 PD의 예감은 사실이었다.

"누구보다 열심히 연애하고 계시는 분이 남 연애에는 왜 그리 관심이 많은지 모르겠어요."

"그… 그."

자신의 연애사라면.

상준의 의도를 직감한 서 PD의 안색이 곧바로 창백해졌다.

"너… 대체……."

눈앞의 이 녀석이 알 만한 얘기가 아니었다.

'어떻게 알았지?'

서 PD는 떨리는 입술로 조심스레 입을 열었다. 이미 머릿속은 새하얘진 뒤였다. 어떻게든 발뺌해 보려 던진 말은 오히려 상준에게 빈틈을 내주는 꼴이 되었다.

"무슨 말 하는지 모르겠는데."

"아무리 그래도 임자 있는 분은 건드시면 안 되죠."

지나치게 태연해 보이는 상준의 눈길.

"원형석 선배."

"뭐?"

"그분은 이거 아세요?"

원형석 선배의 아내분과 서 PD가 그렇고 그런 사이라는 건.

강주원에게 듣지 않았더라면 몰랐을 일이었다.

상준의 입에서 원형석이라는 이름 석 자가 나오자마자.

마지막으로 붙들고 있었던 서 PD의 이성은 완전히 끊어져 버렸다.

"무슨 소리 하는 거야! 어디서 말 같지도 않은 소리 듣고 왔는지 모르겠는데. 이딴 식으로 협박하는 건 누구한테 배워먹었어?"

눈앞에서 조근조근 자신의 열을 올리고 있는 것이 겨우 데뷔 2년 차라는 사실이 믿기지 않았다. 상준은 형형한 눈빛으로 서 PD를 쏘아보며 입꼬리를 살짝 올렸다.

"피디님만 카드를 쥐고 계신 건 아니거든요."

멍하게 인터뷰에만 응하던 신인은 어디로 가고, 지금은 자신의 최대 약점을 손에 쥐고 있는 무서운 녀석이 앞에 서 있었다.

"하……."

서 PD는 손을 떨며 상준을 빤히 응시했다.

감정 조절에 완전히 실패한 서 PD와 다르게 상준은 평온 그 자체였다.

"……."

서 PD가 일을 키우지만 않았어도 이렇게까지 할 생각은 없었다.

그런데 팀의 막내를 건드린 순간, 그냥 넘어가기엔 도무지 열이 받아서 그렇지.

"넘어가자. 다시는 이런 일 없을 거니까. 아니, 알잖아. 이거 알려지면 나보다도 그분이 더 피해가……."

원형석이 탑보이즈에게 데뷔 초에 잘 대해줬다는 사실을 알고 있는 서 PD가 약점을 파고들었다. 지금 이 순간에도 어떻게든 빠져나가려는 구실을 만들어내려는 서 PD가 기가 차다 못해 불쌍해 보일 지경이었다.

"오늘 일 없었던 걸로 하자고. 내가 한 번은 눈감아줄 테니까."

누가 눈을 감아.

상준은 피식 웃음을 터뜨리며 나지막이 읊조렸다.

"죄송한데요."

"…뭐?"

"이미 제 손을 떠났어요."

마무리는 자신의 몫이 아니니까.

상준은 한 걸음 뒤로 물러서며 담담하게 말을 뱉었다.

"곧 전화 오실 거예요."

그리고.

"야, 이 새끼야! 너 거기 안 서? 야!"

쾅.

상준이 문을 닫자마자 물건을 집어 던지는 서 PD의 고함 소리가 울려 퍼졌다.

"야! 저 새끼가 돌았나. 저게 지금……!"

귓가를 찢어놓을 듯한 괴성도 천천히 멀어져 간다.

'잘했어.'

덜덜 떨리는 손을 붙들고 잘도 말했다.

「무대의 포커페이스」재능을 풀어놓은 상준은 곧바로 지친 얼굴이 되었다.

"…하."

간신히 문을 닫고 돌아선 상준은 그 자리에서 풀썩 주저앉았다.

＊　　　＊　　　＊

마무리는 강주원이 끊었다.

원형석과 원래 친분이 있었던 강주원이 조심스레 이야기를 꺼냈고, 서 PD는 사실상 쫓겨나게 되었다.

다른 연예인이라면 모르겠지만 원형석의 파워는 결코 무시할 수 없는 수준이었다.

마음에 드는 연예인들을 점찍어 라인까지 형성하고 다니는 원형석이, 해당 연예인들의 출연권을 놓고 싸움을 벌이게 된다면 방송국에서도 주춤할 수밖에 없었다.

일이 커지기 전에 나가라.

원형석의 암묵적인 협박에 아예 자리를 뜨게 된 서 PD다.

"미쳤다, 미쳤어. 다들 모여봐."

상준은 이미 강주원을 통해 들은 사실이었지만.

이쪽은 아니다.

"야, 너네 들었어? 서 피디?"

"서 피디?"

"그 인간이 또 사고 쳤어?"

도영은 두 눈을 반짝이며 정신없이 달려왔다. 역시 그래도 이들 중에선 단연 정보통이라고 불릴 법한 녀석이다.

'저건 또 어떻게 알아 온 거야.'

상준은 도영을 물끄러미 바라보며 속으로 생각했다. 그러거나 말거나, 도영은 듣고 온 이야기를 풀어내느라 바빴다.

"아니, 그게 아니라, 서 피디 완전 나가리래."

"그거 진짜야?"

"내가 은수 형한테 직접 들었어. 그게……."

어차피 탑보이즈밖에 없는 숙소지만 괜히 목소리를 낮춰 속삭이는 도영이다. 충격적인 소식을 들은 선우는 기겁하며 두 눈을 크게 떴다.

"원형석 선배는? 아신대?"

"아시니까 난리가 났지. 뒤집어지고 장난도 아니래."

"와, 기사는 아직 안 뜬거야?"

"묻은 거지. 일 커지면 복잡하니까."

도영과 선우가 주고받는 대화를 들으며 상준은 굳게 입을 닫고 있었다. 그때, 도영이 손뼉을 크게 치며 말을 이었다.

"맞다."

"왜, 또?"

"내가 들은 게 있는데."

도영은 침을 삼키며 다시 목소리를 낮췄다.

"누가 이번에 서 PD 협박했대."

"서 피디를?"

"그것도 꽤 신인이라던데? 서 피디가 한마디도 못 하고 당했다고 소문이 자자하던데. 하여간 꼴 좋아."

"그 막 나가는 사람이 약점 잡히면 그렇구나."

선우는 고개를 끄덕이며 혀를 찼다. 가만히 듣고 있던 유찬은 피식 웃음을 흘리며 말을 얹었다.

"야, 근데 그 신인이 누구래?"

"그러게? 은수 형도 모른다던데."

"배짱도 좋다, 진짜."

으음.

상준은 두 눈을 끔뻑이며 은근슬쩍 시선을 피했다.

그 와중에 무밍을 안고 있는 제현은 작게 중얼거렸다.

"그분 만나 뵙고 싶다. 우리 도와주신 거잖아."

"에이, 안 만나는 게 좋을걸. 서 피디한테 할 말 다 하는 사람이면, 분명 한 성깔 할 거다."

도영은 손사래를 치며 제현의 말을 막았다.

"맞네."

"그래도 멋있잖아."

"야, 형도 못 하는 거지 안 하는 게 아냐. 아, 아니 이게 아니라."

"못 하는 거 맞네."

저런.

상준은 투닥거리는 멤버들을 물끄러미 바라보며 머리를 긁적였다.

"하여간 차도영 맨날 입만 살아 있어요. 쟤는 죽어서 바다에

뿌려도 입만 둥둥 떠다닐 거야."

"와, 이거 무서운 놈이네. 이미 나를 담글 계획까지 한 거야?"

"그러엄. 너 나한테 잘못한 거 많잖… 아악!"

"아아아악!"

처음에는 크게 확신이 서질 않았는데.

이제는 조금씩 생각이 정리된다.

원래의 해맑은 모습으로 돌아간 멤버들을 천천히 돌아보며.

상준은 흐뭇한 미소를 지었다.

'그래도 잘한 거겠지.'

사람은 쉽게 변하지 않으니까.

제6장

재능 서고

"어, 선배!"

상준은 웃으며 손을 높이 흔들었다.

강주원을 다시 만나게 된 건 서 PD 일이 터지고 일주일 뒤였다.

"여기 앉으세요."

한적한 국밥집에 나란히 앉은 둘이다. 상준은 머쓱한 미소를 지으며 머리를 긁적였다.

"아니, 오늘은 제가 밥 사드리는 건데. 너무 소박하신 거 아니에요?"

"술도 사라, 그럼."

"물론이죠."

상준은 고개를 끄덕이며 강주원을 빤히 바라보았다. 데뷔 초부터 참 많은 도움을 받은 선배다. 아무것도 몰라서 덜덜 떨던 '마이픽' 시절부터 지금까지.

벌써 2년이라는 시간이 흘렀다.

"순대국밥이랑 콩나물국밥 하나 주세요."

"소주 한 병도요."

"너 못 마신다며?"

"선배님 건데요……?"

"이게 나만 먹이려고 하네."

강주원은 황당하다는 듯 웃음을 터뜨리며 음식을 기다렸다.

얼마 지나지 않아 김이 모락모락한 국밥 두 그릇이 나왔다.

"와, 좋다."

"이런 날씨에는 딱이지?"

"그러게요."

강주원의 말에 상준은 부드럽게 웃으며 한 숟가락을 떴다.

진한 국물이 부드럽게 목을 타고 넘어갔다.

상준이 엄지손가락을 치켜들자 강주원은 너털웃음을 터뜨리며 소주병을 들었다.

"한잔?"

"네, 좋아요."

상준은 웃으며 잔을 받아 들었다.

"크으."

"왜, 장난 아니야?"

"그냥 좋아서요. 여기 운치가 좀 있네요."

저 멀리 한강이 보여서일까. 외곽이라 사람들이 별로 지나다니는 곳이 아님에도 제법 경치가 좋다. 상준은 흐릿한 미소를 지으며 창밖을 내다보았다.

"맛있다."

"그렇지? 여기 내가 자주 온다니깐."

평상시에는 잘 넘어가지 않던 소주도 뜨거운 국물과 함께 넘기니 술술 넘어간다. 상준은 콩나물을 옆으로 헤치며 열심히 숟가락을 들었다.

"뭐야."

강주원은 그런 상준을 내려다보며 괜히 말을 툭 던졌다.

"콩나물 안 먹을 거면 콩나물국밥은 왜 시킨 거야."

"콩나물 없는 콩나물국밥을 좋아해서요."

"이해가 안 되네."

강주원은 고개를 갸우뚱해 보이며 피식 웃음을 터뜨렸다.

"콩나물 없는 콩나물국밥이라니……."

"서 PD 하나 없어도 방송국은 잘 돌아가잖아요."

상준의 능청스러운 대답에 강주원은 기가 막히다는 듯 감탄을 터뜨렸다.

"이야. 근데 이거랑 그게 같아?"

"글쎄요."

상준은 어깨를 으쓱이며 술 한 잔을 더 기울였다.

평상시라면 쉽게 뱉어내지 못했던 말들을 조금씩 할 수 있을 거 같았다.

묘하게 용기가 샘솟는 기분.

상준은 강주원을 빤히 바라보며 힘겹게 입을 뗐다.

"저 궁금한 거 있어요."

"궁금한 거?"

줄곧 의문이 들었다.

강주원이 왜 자신을 위해 이렇게까지 해준 건지.

원형석 선배와 친하다고 하더라도 그런 이야기를 꺼내는 것이 결코 쉬운 일은 아니었을 텐데. 더욱이 그 타이밍을 서 PD의 사고로 맞춘 것도 고마울 따름이었다. 그 이유가 도무지 감이 잡히지 않을 뿐.

"왜 저 도와주신 거예요?"

그런 모든 의문이 담긴 한마디다. 강주원은 소주잔을 툭, 소리나게 내려놓으며 의아한 눈길로 상준을 바라보았다.

"너를?"

사실 하늘 같은 선배다. 이미 입지를 확연히 다진 대선배 강주원이, 굳이 이런 신인의 일에 일일이 나설 필요도 없었다.

얻을 것보다는 잃을 것만 많은 싸움이니까.

그런데 대체 왜…….

"너, 열심히 하잖아."

쪼르르.

강주원은 다시 소주병을 집어 들었다.

"저요……?"

묵직한 강주원의 한마디에 상준은 두 눈을 끔뻑였다. 모두가 인정할 만큼 성실의 아이콘인 상준이지만, 강주원의 말은 퍽 이해가 되질 않았다.

"그래, 너 성실하니까."

"……."

"그냥 그래서 도와주고 싶었어."

이유가 꼭 있어야 하는 건 아니니까.

강주원은 어깨를 으쓱이며 피식 웃음을 터뜨렸다.

이렇게 상준을 마주하고 있을 때면 옛날 일이 떠오른다.

"원형석 선배님, 정말 좋은 분이야. 알지."

"네, 알죠."

"그분 처음 만났을 때, 되게 무서워했거든."

강주원은 담담한 목소리로 술술 말을 털어놓았다. 한참 연차가 차이 나는 후배 앞에서 할 말은 아니었지만, 취한 탓인지 말이 멈추질 않았다.

"우리 회사 장난 아니었어. 너도 대충은 알겠지만."

대형 회사 출신인 강주원은 매번 경쟁에 내던져져야 했었다. 강압적인 회사의 분위기, 반드시 성공해야 한다는 부담감. 오히려 지금보다도 훨씬 살얼음판이던 시절이었다.

강주원은 깊은 숨을 들이쉬며 말을 뱉었다.

"내가 열심히 하는 애들 좋아하는 건……. 사실 내가 그랬었거든."

"아."

"나는 죽어라 했었으니까."

언제 무너질지 모른다는 생각에, 늘 마지막이라고 생각했었다. 이 무대가 인생의 마지막 무대라는 마음가짐으로, 그렇게 미친 듯이 연습했던 강주원이다.

그런 강주원을 도와줬던 사람이 원형석이다.

"감사한 분이지."

잘하지도 않았는데 싹이 보인다는 이유로, 강주원에게 온 열정을 쏟아줬던 선배였다. 그런 그를 보면서 늘 다짐했다.

자신을 꼭 닮은 후배가 나타난다면, 자신 역시 험난한 물살을 가를 수 있는 돛이 되어주기로. 단지 그뿐이었다.

강주원은 상준을 똑바로 바라보며 되물었다.

"너는 하운이 왜 도와줬어?"

강주원의 한마디에.

상준은 피식 웃으며 대답을 대신했다.

"…그러게요."

* * *

서 PD가 제기했던 논란이 일단락되고, 탑보이즈는 다시 평상시의 모습으로 돌아왔다. 새로운 정규앨범을 준비하느라 정신이 없던 와중에도 화보 촬영이나 광고는 꾸준히 들어왔다.

하지만.

"얘들아, TV 광고!"

"TV 광고요?"

"와아아아!"

TV 광고가 들어온 건 흔치 않은 일이다.

「밀착 탐구 생활」이 정식 편성된 후에 종종 출연한 덕에 그쪽에서도 좋게 본 모양.

심지어 송준희 매니저와 함께 촬영하는 광고 영상이었다.

"와, 단체로 들어왔다고요?"

"대박인데?"

조승현 실장은 뿌듯한 미소를 지으며 고개를 끄덕였다.

"이번에도 음료수 광고거든."

"이온음료요?"

"어······. 그건 아닌데."

천천히 광고의 컨셉을 살피고 있는 상준과 달리 송준희 매니저는 은근히 흥분한 기색이었다. 살다 살다 TV 광고에 출연하게 될 줄이야.

'어떤 컨셉이든 일단 해야지.'

신인 아이돌만큼이나 패기가 넘쳐흐르는 송준희 매니저의 표정을 본 도영이 깔깔댔다.

"매니저님, 솔직히 말해보세요."

"어?"

"광고 욕심 있죠?"

도영의 물음에 대한 대답은 고민할 필요도 없었다. 송준희 매니저는 단호하게 말을 뱉었다.

"자본주의는 최고지."

"와, 유찬이랑 똑같네요. 쟤도 자본주의의 노예인데."

평상시라면 발끈했을 유찬도 도영의 말엔 격하게 공감했다.

"그러엄. 야, 돈 싫어하는 사람이 어디 있어? 음료수가 맛없어도 웃으면서 원샷 때린다."

유감스럽게도.

그런 유찬의 말은 현실이 되었다.

"저희가 찍을 광고가……."

상준은 음료명을 보고선 두 눈을 끔뻑였다.

"이거라고요?"

*　　　　*　　　　*

「신상 음료 '모스트' 후기

편의점 알바 3일 차. 단 한 병도 팔리지 않은 '모스트' 재고를 처리하기 위해 하나를 챙겨 왔다. 요새 이게 아주 핫하던데 괜한 호기심이 들었다.

어, 유명한 음료수는 먹어봐야지!

악마의 음료라고 평해지는 모스트. 과연 이 녀석의 맛은 어떨까?

난 분명 말했다. '괜한' 호기심이라고;;

쓸데없이 이 글 찾아보면서 어, 맛이 어떨까? 고민할 시간에 제발 튀어라 제발제발

무튼 나는 정말 궁금했고 쓸데없이 호기심이 생기는 바람에 이 녀석을 도전해 보기로 했다.

인생은 한 방이지. 당연히 한 입에 털어 넣었다 ㅎㅎ

한마디로 정리해 줄게. 정말 취하는 맛이다……. 알코올이 0프로인데 왜 취하냐고? 어, 먹어봐! 그러면 내 말 뜻을 이해하게 될 거야.

취하긴 취하는데 이세계에 취하는 맛임 ㅇㅇ 살짝 저승 같기도 하고.

악마 같은 이 녀석의 성분을 보자. 코코넛 99프로란다. 음, 코코넛이 코코아냐? 아니면 말고. 난 이거 한 모금 마시고 코로 시작하는 모든 것들을 손절할 뻔했다.

ㅎㅎ 제발 튀어

나는 이거 헹구려고 물 1리터 마신듯

절. 대. 도. 망. 가.」

"뭐 보고 있어?"

상준은 열심히 스크롤을 내리며 심각한 얼굴이 되었다.

월드 투어 때 봤던 귀신만큼이나 섬뜩한 게시물이다. 이 게시물 속 멘트가 곧 자신의 미래가 될 거라는 게 한층 더 무서웠다.

"형?"

"야, 이건 아닌 거 같다."

상준은 질겁하며 인상을 찌푸렸다.

"나는 호불호가 갈리는 모든 음식들을 싫어해."

"거참. 입맛 더럽게 깐깐하네."

"근데 이건 다들 싫대. 내가 이상한 게 아닐 거야, 분명."

상준이 이렇게 격하게 반대하는 걸 본 적이 없다.

아.

"세탁기 곤 때도 형 싫어하긴 했구나."

"차라리 그걸 할래."

유찬은 피식 웃으며 손사래를 쳤다.

"딱 보니까 괜히 겁준 거네. 내가 친구한테 물어봤는데 먹을 만하대.”

먹을 만한 음료수로 광고라.

상준은 가슴에 손을 얹으며 진지하게 말했다.

“내 양심이 허락하지 않는다. 얘들아, 잘 마시도록.”

“어딜 가……!”

“아악, 이거 놓으라고!”

물론 말은 이렇게 해도 빠져나갈 구멍이 있을 리가 없다.

“탑보이즈, 촬영 준비할게요!”

하하.

이미 망했다.

상준은 어색한 미소를 지으며 동생들에게 끌려 앞으로 나왔다.

모스트.

한창 핫한 악마의 음료수. 서류에서 이 이름을 처음 발견했을 때 좀 더 격하게 반대를 했어야 했다. TV 광고라는 자본주의적 유혹과 게시 글에서 지적한 괜한 호기심 때문에 이 자리에 섰다.

‘그래 봤자 음료수지.’

그게 그저 착각이었다는 건 음료수를 마주함과 동시에 깨달았다.

“워후.”

“자, 웃어주세요.”

처음에는 좋다면서 끌려온 송준희 매니저도 냄새를 맡아보고

선 고개를 갸우뚱했다.

"이거······. 먹을 수 있는 거 맞나?"

제작진들이 분주하게 움직이는 와중에도 상준의 머릿속에는 어제 봤던 수많은 댓글들이 떠돌아다니고 있었다.

—그걸 왜 먹어

ㄴㄹㅇ 진짜 먹지 마 정말 이상한 맛 나

ㄴ웬만한 건 다 마시는데 이건 진짜 아니더라

ㄴ걸레 빤 물 맛 남

ㄴ그게 무슨 맛이냐

ㄴ다시 먹고 싶지 않은 맛?

—난 괜찮던데

ㄴ선생님 요기 이상한 사람이 있어요

ㄴ낫 휴먼이 나타났다 ㄷㄷ

ㄴ어딜 가나 특이 취향은 있는 법이지;;

ㄴ취향 존중 못 하겠습니다 저리 가세요

ㄴㅋㅋㅋㅋㅋㅋㅋㅋㅋㅋ

아무리 생각해도 망했다.

상준은 입가에 어색한 미소를 띤 채 음료수 팩을 집어 들었다.

이걸 상큼하게 마시라니.

광고주는 말 같지도 않은 소리를 하고 있었다.

하지만, 아무리 속으로 중얼거린들.

이미 이곳은 촬영장이다.

프로는 무대를 두려워하지 않는다.

아니, 음료수를 두려워하지 않는다.

상준은 데뷔 초기에 중얼거렸던 말을 다시 한번 상기하며 녀석을 노려보았다.

"촬영 시작합니다!"

카메라에 빨간 불이 켜지고.

'싸우자.'

상준은 뚜껑을 열고 원샷 했다.

*   *   *

「무대의 포커페이스」.

초창기에 체화해 두었던 이 재능이 진심으로 감사해지는 순간이었다.

"…와."

기왕이면 미각을 차단해 주는 재능도 대여해 올 걸 그랬다.

상준은 목구멍을 넘어가는 불길한 감촉에 표정 관리에 몇 번이고 실패할 뻔했다. 이미 속으로는 실소를 터뜨리고 있었다.

카메라맨 옆에 선 여자가 해맑은 얼굴로 외쳤다.

"자, 웃어주세요."

"하하."

이걸 먹고 웃으라니 너무 잔인하잖아.

"와, 맛있다!"

"맛있다아아!"

물론 시키는 대로 잘하는 탑보이즈다. 유찬은 충실하게 두 눈을 반짝이며 음료수를 높게 치켜들었다.

"하하하."

단체로 웃어대는 소리.

정말 너무 즐겁다.

탁.

슬레이트 소리가 들리자마자.

"수고하셨습니다!"

"우엑."

차마 맛있다는 말은 꺼낼 수 없었던 광고 촬영이 끝이 났다.

그와 동시에.

"물……!"

"물 주세요!"

"형, 나 죽는 거 아니지? 사람이 먹으면 안 되는 걸 먹은 거 같은데."

"몰라. 죽어도 같이 죽겠지."

단체로 물을 찾아 흩어졌다.

*　　　　*　　　　*

─몸이 건강해지는 맛, 모스트! 지금 바로 구매하세요!

상준은 멀쩡하게 나온 광고 화면을 보며 혀를 찼다. 편집 기술이 저 정도인가 싶을 정도다. 당시에 촬영했던 현장은 거의 지

옥에 가까웠는데 화면 속 여섯 명은 너무도 행복해 보였다.

'이걸 이렇게 포장한다고?'

건강해지는 맛이라. 몸에 좋은 게 입에 쓰다는 어른들의 말이 맞다면야 충분히 납득이 되긴 한다만. 상준은 몸에 좋은 맛과는 사뭇 결이 달랐던 모스트를 떠올리며 몸을 떨었다.

'그건 먹으면 건강이 나빠지는 맛이었는데.'

"야, 이거 봐봐."

상준은 광고가 나오는 휴대전화를 다시 높게 들어 올렸다.

분명 먹은 건 악마의 음료인 모스트인데, 이온음료 광고만큼이나 상쾌한 표정으로 찍고 있다.

—중독성 있는 모스트! 도전해 보세요!

옆에서 살짝 표정 관리에 실패한 송준희 매니저의 얼굴이 1초 정도 빠르게 지나가고, 화면은 주로 상준에게 고정되어 있었다.

'캬, 진짜 새로운 맛인데?'

그 이유는 하나였다. 저걸 원샷으로 들이켰을 때 유일하게 미소를 머금고 있는 게 상준밖에 없어서였다.

상준은 저 대사를 쳤을 때를 떠올렸다. 원래 대사는 '의외로 맛있잖아?'였다. 차마 양심상 허락할 수 없어서 멘트를 바꿨던 것.

실제로 새로운 맛이긴 했으니 한없이 당당하다.

팬들은 다르게 생각하고 있는 거 같지만.

—와 ㅋㅋㅋㅋㅋㅋㅋㅋ 이것이 자본주의의 힘인가?

ㄴ저걸 원샷 하네

ㄴ미안해……. 내가 오빠들 나오는 건 다 사려고 했는데…….
저건 못 먹겠어 ㅠㅠ

ㄴㅋㅋㅋㅋㅋㅋㅋ너무하네

ㄴ팬심보단 생존이 중요하지

ㄴ2222222

—매니저님 뒤에서 토하시는 거 아냐?

ㄴㅋㅋㅋㅋㅋ그건 아닌 거 같지만 너무 싫어하시는데?

ㄴ1:02 보세요 ㅋㅋㅋㅋ

ㄴ아니, 근데 상준이는 웰케 잘 먹냐?

ㄴ특이 취향인가 봄

ㄴㄴㄴ 백 퍼 자본주의 파워임

ㄴ나는 100만 원 주면 저거 먹을 수 있음

ㄴ문제는 이게 돈을 주고 먹어야 한다는 거지. 솔직히 받으면서
먹어야 하는 음료수가 맞음 ㅇㅇ

ㄴ광고해도……. 제정신이라면 안 사 먹어!

ㄴ하지만 저는 궁금해서 질렀읍ㄴ다…….

'특이 취향이라니.'

그럴 리가 없다.

상준은 깊은 한숨을 내쉬며 말을 뱉었다.

"봤지?"

어딘가 아련해 보이는 목소리가 병실 내로 울려 퍼졌다.

"형이 이렇게 힘들게 산단다……."

당연히 대답은 돌아오질 않는다.

"……."

상준의 마음을 이해한다는 듯 묘한 얼굴로 누워 있는 상운을 내려다보며 피식 웃음을 흘렸다.

"네가 이거 먹어봤어야 아는데. 진짜 최악이었다니까. 내가 이 거저거 다 가려 먹긴 하지만, 이건… 그냥 호불호를 떠나서 사람이 먹을 게 못 돼."

어차피 답해줄 사람 없는 고요한 병실이지만, 상준은 자리에 앉아 편하게 말을 이었다.

"다음에 하나 사 올게. 나만 죽을 수는 없지."

"……."

"아, 그리고."

해외 스케줄이 끝난 뒤에도 하루도 한가한 날이 없었다. 그럼에도 시간을 내어 상운의 병실에 항상 들르는 상준이다. 이렇게라도 세상 속 이야기들을 전해주다 보면, 일어나고 싶어지지 않을까.

그런 우스운 생각들을 하며 상준은 말을 이었다.

"진짜 웃긴 일 있었거든. 은수가……."

준비해 온 이야기보따리들을 신나게 풀어나가고 있을 무렵.

상준의 휴대전화가 시끄럽게 울려 퍼졌다.

우우웅.

"어?"

상준은 황급히 주머니에 손을 넣어 휴대전화를 찾았다.

"하여간 맨날 방해한다니까."

미리 말하고 왔는데도 잠깐 자리만 비우면 난리가 난다. 상준은 능청스럽게 상운을 향해 은근슬쩍 자랑을 던졌다.

"다 이게 형이 능력이 넘쳐흘러서 그래. 잘 들어봐."

딸깍.

―나상준! 너 어디야!

송준희 매니저다. 상준은 휴대전화를 고쳐 들며 두 눈을 끔뻑였다. 어째 목소리가 다급하다.

"저 상운이 보러……."

―신곡! 신곡 나왔으니까 지금 빨리 튀어 와.

"어, 신곡이요?"

생글거리고 있던 상준은 놀란 눈으로 벌떡 일어섰다. 정규앨범을 준비 중이었지만, 원래의 계획보다 신곡이 빠르게 나온 탓이었다.

'이건 들어야 하는데.'

상준은 휴대전화를 붙들고 다급하게 말을 쏟아냈다.

"저, 저 지금 바로 갈 거니까. 저 빼놓고 들으시면 안 돼요."

―알았으니까 빨리 와.

후다닥.

상준은 옷을 대충 걸쳐 입고 급하게 상운을 향해 손을 흔들었다.

"다음에 또 올게! 나 간다!"

답할 리 없는 상운에게 다급한 인사를 건네고 병실을 뜨는 상준.

드르륵.

문을 빠르게 열어젖힌 상준은 발걸음을 재촉하며 복도를 나섰다.

그 순간.

"어… 어!"

마음이 너무 앞서서였을까.

쾅.

상준은 한 남자와 정면으로 부딪히고 말았다.

"아, 죄송합니다."

검은 모자를 눌러쓴 남자. 자신이 빨리 가려던 차에 부딪힌 상황이니 자동으로 고개가 숙여진다. 상준은 놀란 얼굴로 남자의 팔을 붙들었다.

팔꿈치가 욱신거리는 걸 보니 꽤 세게 부딪혀서였다.

"괜찮으세요?"

"아, 괜찮습니다."

모자를 깊게 뒤집어쓴 채 나직이 말을 뱉는 남자.

상준이 더 말을 하기도 전에 홀연히 떠나 버린다.

'알아봤나?'

아무 말도 없는 걸 보니 그건 아닌 거 같은데.

소속사 밖에 나와 있으니 괜히 행실 하나하나에 신경이 쓰인다. 그래도 저렇게 빨리 가버리는 걸 보면 일이 있는 모양이었다.

"……."

저 사람도 급했나.

상준은 머리를 긁적이며 빠르게 멀어지는 남자의 뒷모습을 물끄러미 바라보았다.

그 순간, 상준의 시선이 바닥으로 향했다.

"어?"

남자가 떠난 자리에 덩그러니 놓여 있는 종잇조각.

상준은 종잇조각을 손으로 집으며 고개를 들었다.

"저… 이거 흘리신 거 같은데요?"

상준의 말을 듣지 못했는지 계속해서 발걸음을 재촉하는 남자. 상준은 의아한 얼굴로 손에 쥔 종이를 확인했다.

'그냥 쓰레기 흘린 건가?'

대수롭지 않게 생각하던 상준의 표정이 이내 굳었다.

[2—1].

"이게 뭐야?"

「절대자의 감각」.

당황한 나머지 눈치채지 못했던 묘한 이질감이 다시 온몸을 감싸 돌았다.

"어디서 봤어."

분명히 봤는데.

기억해 내야 한다. 반드시 기억해 내야 한다.

식은땀이 나기 시작한 손으로 종잇조각을 움켜쥐고 있던 상준의 머릿속에 단편적인 기억이 스쳐 갔다.

'이건 뭐야? 낙서인가?'

재능 서고 책장 옆면에 얕게 파여 있던 글씨.

의미를 찾지 못해 내버려 뒀던 그 글귀가 맞다면.

"……!"

상준의 시선에 계단 아래로 내려가는 남자가 보였다.

동시에 심장이 빠르게 뛰기 시작했다.

"저기요!"

상준의 목소리를 듣지 못했는지 빠르게 계단을 내려가는 남자.

"저기요, 이거 흘리셨다고요!"

잡아야 한다.

판단을 마친 상준은 종이를 움켜쥐고서 내달리기 시작했다.

'아래층.'

분명 1층으로 갔다.

상준의 착각이 아니라면 저 사람을 붙들어 뭐라도 들을 수 있을 터였다.

'제발.'

상식적으로 이런 곳에서 재능 서고의 존재를 알고 있는 사람을 만난다는 게 말이 안 된다는 걸 알지만. 그 조금의 가능성에 한번 기대보고 싶어져서였다.

'뭔가를 알지도 몰라.'

우연한 기회로 이 능력을 갖게 되었지만.

재능 서고의 사용 요건 외에 상준이 아는 건 아무것도 없었다.

본능적인 발걸음이 그에게 점점 가까워졌다.

"허억… 헉."

복잡한 상황을 해결할 열쇠가 그에게 있지 않을까 하는 기대로.

그렇게 얼굴을 가릴 여유도 없이 1층에 도착했을 때.

"하, 진짜 내가 어이가 없어서."

'저 사람인가?'

남자는 상준이 생각했던 곳에서 기다리고 있었다.

상준은 거친 숨을 내쉬며 고개를 들었다.

"야, 다 나와보라고."

분명 아까 복도에서 부딪힌 그 남자가 맞다.

다만.

'어떻게 된 거야.'

잔뜩 화가 난 듯 카운터의 간호사들을 향해 언성을 높이고 있는 모습. 상준은 전혀 예상치 못했던 장면 앞에서 얼어붙었다.

이미 1층에 서 있던 사람들의 시선이 남자에게 쏠려 있었다.

"왜 화났대?"

"그냥 다짜고짜 카운터 붙들고 화내는 모양이던데."

"하여간 별 이상한 놈이 많아."

혀를 끌끌 차며 남자를 빤히 보고 있던 할머니를 옆에 있던 아주머니가 끌고 갔다.

"엄마, 그렇게 대놓고 보면 안 돼. 요새 미친놈들이 하도 많아서. 왜 쳐다보냐고 난리 친다고."

"어어, 그래. 어여 가자."

상준은 혼란스러운 얼굴로 남자를 빤히 바라보았다.

아까 위층에서 자신과 부딪혔을 때 보였던 정중한 목소리는 어디로 가고, 지금은 정말 저 모녀의 말대로 깽판을 치는 이상한 사람으로밖에 보이질 않았다.

"하, 두 번 말해야 알아들어요?"

"아니, 고객님. 왜 그러시는지 말씀을 해주셔야……. 접수하시러 오신 거예요? 아니면 누구 만나러……."

난처해진 직원 하나가 간곡한 목소리로 입을 열었다.

그럼에도 남자는 여전히 신경질적인 말투였다.

"똑똑한 사람이 머리는 안 돌아가요?"

"고객님, 대체 누구한테 하시는 말씀이세요. 여기서 이러시면 저희가 경찰을 부를 수밖에……."

"환자를 살려야 할 거 아니야."

묘하게 위압적인 한마디.

"어떤 환자분 말씀하시는 거예요. 일단 진정하시고……."

"누구냐고?"

상준은 입술을 지그시 깨물며 남자를 빤히 바라보았다.

"충분히 알려준 거 같은데."

순간, 남자의 시선이 상준에게 향했다.

"……."

남자는 자신의 팔을 붙들고 있는 여자의 손을 뿌리치며 한 걸음 뒤로 물러섰다.

"…하여간 인간들은. 가끔 보면 줘도 못 먹는 거 같아."

어딘가 날이 선 한마디.

상준은 떨리는 손으로 다시 종이를 움켜쥐었다.

"하……."

숨이 턱턱 막힐 것만 같다.

얼굴을 가리고 있는 탓에 살벌한 눈빛만 마주했지만.

상준은 직감할 수 있었다.

남자의 눈빛이 자신을 향해 있었다는 것을.

그리고.

'말도 안 돼.'

저 말이 맞다면.

"……."

상준은 종이를 움켜쥐고 곧바로 뛰었다.

*　　　　*　　　　*

"허억… 헉."

상준은 헐떡이며 화장실의 거울을 빤히 바라보았다. 사람 하나 없는 화장실. 상준은 문 앞으로 고개를 내밀고선 조심스레 문을 닫았다.

'일단 아무도 없어.'

당장 여유가 없다.

상준은 망설임 없이 주머니에서 작은 책을 꺼냈다.

혹여나 밖에서 재능 서고를 열 일이 있을까 봐 따로 챙겨두었던 책.

"후우."

상준은 침을 삼키며 책을 높이 들었다.

최대한 **빠른** 시간 안에 나갔다 올 수 있도록.

문을 걸어 잠근 상준은 정면을 **빤히** 바라보았다.

위이잉—.

익숙한 소리가 울려 퍼지자, 거울이 상준의 몸을 삼켰다.

"하."

펄럭펄럭.

「신이 내린 목소리」는 오늘도 신이 났는지 상준의 옆에서 **빠**르게 펄럭이고 있었다. 익숙한 광경에 평상시라면 미소를 지었을 상준이었지만, 오늘은 유독 분주했다.

"그때 그 책장이……. 찾았다."

빠르게 발걸음을 재촉한 끝에 바로 찾을 수 있었다.

'여기다.'

책장 옆면에 얕게 새겨져 있는 글씨.

[2—1] 그리고 [SOS].

두 문구를 천천히 훑어 내려가던 상준은 턱을 쓸었다.

"뭘까."

분명 여기에 해답이 있다.

특히 저 2—1이라는 숫자에. 상준은 남자가 떨어뜨리고 간 종이를 만지작이며 한 걸음 뒤로 물러섰다.

'생각해 내야 해.'

남자가 자신에게 건네던 말은 무엇이었을까.

'환자를 살려야 할 거 아니야.'

'충분히 알려준 거 같은데.'

무명의 존재가 다른 사람에 빙의해 눈앞에 나타난 적은 몇 번 있었다. 이번에도 비슷한 상황이라면 분명 전하고자 했던 메시지가 있었을 것.

상준은 병원 측에 항의하는 것처럼 말을 쏟아부었던 남자의 멘트가 몹시도 신경쓰였다.

SOS.

그때는 왜 몰랐을까.

'살려달라는 의미 아닐까.'

어떻게 된 건지는 모르겠으나.

"상운이……."

지금 상준의 머릿속에는 상운의 얼굴밖에 떠오르질 않았다.

그래서.

헛된 희망일지도 모른다는 이성이 남아 있음에도, 이렇게 분주하게 재능 서고로 뛰어들어 온 것이었다.

단순히 추측에 불과했지만.

상운을 깨울 방법. 그 방법이 이 안에 있다면 더 이상 지체할 시간이 없었다.

상준은 입술을 잘근 깨물며 초조하게 책장 사이를 오고 갔다.

"2 그리고 1……."

대체 뭘까.

어떻게 해야 상운을 깨울 수 있는 걸까.

상준은 손톱을 물어뜯으며 고개를 확 돌렸다.

그 순간.

"설마."

상준의 두 눈이 반짝이기 시작했다.

2—1.

"두 번째 책장?"

상준은 앞에 서 있는 책장의 위치를 확인했다.

문에서 가장 가까운 쪽에 위치한 책장.

책장의 순서를 확인한 상준은 입을 떡 벌릴 수밖에 없었다.

"두 번째⋯⋯."

글씨가 새겨진 책장이 두 번째 책장이 맞다면.

상준은 성큼성큼 책장에 다가섰다.

"첫 번째 줄."

2—1의 의미.

그 의미를 눈치챈 상준은 정신없이 손을 뻗었다.

"제발."

조금의 실마리라도 찾을 수 있을 거라는 기대감이 처음으로 들기 시작했다. 상준은 입술을 잘근 깨물며 책을 한 권씩 빼내기 시작했다.

「무대의 포커페이스」.

「위대한 언변술」.

「삽질의 달인」.

책장 빼곡히 쌓여 있는 책들을 하나씩 비워가는 상준. 누구보다 간절한 마음으로 상준은 급하게 책들을 손에 쥐었다.

"허억… 헉."

숨이 차오를 때까지 조금의 단서라도 찾기 위해 책들을 펼쳐 본다.

"무대의 포커페이스……"

이미 체화했던 재능들도 있고 그렇지 않은 재능들도 있다.

구석에 박혀 있어서 아예 처음 보는 책들도 있었지만.

"…모르겠어."

한 장씩 빠르게 훑어봐도 별다른 단서가 없다.

상준은 초조한 얼굴로 발을 굴리며 다시 발걸음을 옮겼다.

"이쪽에서 두 번째가 아닐 수가 있잖아."

상준은 식은땀이 나는 손을 닦으며 정신없이 반대편으로 뛰어갔다.

널찍한 서고가 오늘따라 운동장처럼 느껴졌다.

"하."

마찬가지로 첫 번째 줄.

"이것도 아니고. 얘도……"

상준은 떨리는 손으로 책장을 하나씩 넘겼다.

특이한 표식이나 이상하게 보일 만한 문구가 있나 싶었지만 그것도 전혀 보이질 않았다.

"일단 다 담아야지."

리스트에 담을 수 있는 재능은 한정되어 있다.

상준은 기존에 담아두고 있던 재능들을 전부 치워내고선 첫 번째 줄에 있는 책들을 하나씩 담기 시작했다.

'천천히 봐야지.'

슬슬 나가야 할 시간이다.

그걸 아는데 미련이 좀체 사그라들질 않는다.

"진짜 뭐지……?"

가까워진 거 같은데 아직도 모르겠다.

눈앞에 희뿌연 막을 마주하고 있는 기분. 상준은 머리를 헝클 어뜨리며 재능 서고의 문 앞에 섰다.

그 순간.

문 옆에 있는 게시판의 체화 목록이 눈에 들어왔다.

신이 내린 목소리[체화]

신이 내린 가창력[체화]

유연한 댄싱 머신[체화]

무대의 포커페이스[체화]

연기 천재의 명연[체화]

악기의 마에스트로[체화]

위대한 언변술[체화]

열정 가득 요리 천재[체화]

절대자의 감각[체화]

총 9개의 체화 목록.

상준은 침을 삼키며 체화 목록들을 천천히 훑었다.

"설마."

체화한 재능의 개수에 따라 서고의 등급이 바뀌었다.

그렇다면…….

'아직 조건이 충족이 안 된 거라면?'

상준은 주먹을 세게 쥐며 뒤로 물러섰다.

＊   ＊   ＊

"……."

[935번째 재능 '21세기의 베토벤'을 체화하셨습니다.]

눈앞에 익숙한 글귀가 떠오른 지도 벌써 일주일이 흘렀다.

처음에는 뛸 듯이 기뻐했던 상준도 이미 기대를 접은 지 오래였다.

"후우."

상준은 깊은 한숨을 내쉬며 생각에 잠겨 있었다.

그때, 하윤재 프로듀서의 목소리가 상준의 상념을 깨웠다.

"상준아, 녹음 들어가자."

"아, 네."

괜히 사적인 감정 때문에 주위 사람을 힘들게 할 수는 없다.

「무대의 포커페이스」 재능이 이럴 때도 쓰인다. 상준은 입가에 미소를 머금은 채 녹음실 부스로 들어섰다.

하지만, 고작 재능만으로 숨길 수 있는 분위기가 아니었다.

그런 상준을 가만히 지켜보고 있던 유찬이 입을 뗐다.

"야, 상준이 형 요새 좀 이상하지 않아?"

"저 형은 원래 이상한데."

유찬은 해맑은 도영에게 눈치를 주며 혀를 찼다. 녹음실 부스에서 음향 체크를 하고 있는 상준을 보고 있던 선우도 말을 얹었다.

"그러게. 좀 이상하긴 하네."

표정은 평상시와 같다. 하지만, 지난 2년간 하루 종일 붙어 지내온 멤버들만이 느낄 수 있는 분위기가 있었다. 선우는 턱을 쓸어내리며 걱정했다.

"요새 조금 멍하니 있는 거 같기도 하고."

녹음실 부스 밖의 얘기가 들릴 리 없는 상준은 헤드셋을 썼다.

세 번째 정규앨범이다.

지난 정규앨범에서 「BREAK DOWN」으로 파워풀한 매력을 선보였다면, 이번에는 탑보이즈가 가장 잘하는 것. 본래의 청량함으로 돌아올 계획이었다.

타이틀곡부터 그런 분위기가 물씬 났다.

"어, 하이라이트 다시 불러볼래? 느낌 살려서."

"넵."

상준은 마이크 앞에 서서 고개를 끄덕였다. 확실히 이쪽에 정신을 쏟으니 조금 나아지는 기분이다.

송준희 매니저가 신곡 잘 뽑았다고 호들갑을 떨었을 만큼, 이번 신곡은 상당히 완성도 있게 뽑혔다. 중독성 있는 멜로디에 편하게 들을 수 있는 밝은 노래.

"자, 다시 들어갈게요."

상준은 애써 미소를 지으며 목소리를 가다듬었다.

오랜만의 녹음이다 보니 퍽 긴장이 된다.

타이틀곡 「너의 노래」.

상준의 부드러운 목소리가 노래의 시작을 열었다.

'괜히 처지지 않게.'

적어도 노래를 할 때만큼은 진심으로 웃을 수 있다.

눈물조차 흐르질 않아

귓가를 속삭이던 그 노래는

대체 어디로 간 걸까

하윤재 프로듀서의 오케이 싸인이 유리벽 뒤로 보인다. 상준은 자신감을 가지고 조금씩 호흡을 실었다.

지난 일주일, 숨이 턱턱 막히는 것만 같았다.

상운을 깨울 방법을 앞에 두고도 헤매고 있는 게 아닐까.

그 부담감에 짓눌려 있던 상준의 목소리가 녹음실 부스 내로 조금씩 퍼져 나갔다.

너의 노래가

단 하나의 노래가

푸른 하늘을 적셔

부드러운 상준의 목소리가 마지막 소절을 천천히 읊었을 때.

부스 밖에서 지켜보고 있는 하윤재 프로듀서가 박수를 쳤다.

"이야, 실력 더 는 거 같은데."

거의 건드릴 것도 없다며 칭찬을 쏟아내는 하윤재 프로듀서. 상준은 습관적으로 웃어 보이며 부스를 나섰다.

"잘했어."

선우가 엄지손가락을 치켜들며 상준을 반겼다. 다음은 도영이 녹음할 차례다. 상준은 대수롭지 않은 목소리로 말을 뱉었다.

"하이라이트가 생각보다 잘 안 나오더라."

"아, 그래?"

"높더라고."

별생각 없이 고개를 끄덕이는 도영. 하지만, 선우와 유찬은 의미를 알 수 없는 표정으로 상준을 빤히 바라보고 있었다.

뒤늦게 그 눈길을 눈치챈 상준이 놀란 눈을 떴다.

"왜?"

"형, 솔직히 말해봐."

유찬이 턱을 괸 채 상준을 빤히 바라보았다.

"무슨 일 있어?"

이번에는 송준희 매니저다. 갑작스레 물어오는 송준희 매니저의 목소리에 상준은 퍽 당황한 얼굴이 되었다.

무슨 일이라니.

'그렇게 티 났나.'

상준은 머리를 긁적이며 피식 웃음을 흘렸다.

"그런 거 아니에요."

"그러면 뭔데."

눈치 빠른 유찬이 녀석이 그냥 놔줄 거 같지 않다. 예리한 물음에 머쓱한 미소를 짓던 상준은 솔직하게 털어놓았다.

"할 수 있는 일이 있을 거라고 믿었는데……."

"어."

"그게 아닌 거 같아서."

'혹시 상운이인가.'

상준의 의중을 눈치챈 유찬은 어두운 표정이 되었다.

내색은 안 하지만 얼마나 힘들어하고 있을지는 짐작이 갔다. 이따금 상운의 병실에 시간을 내어 찾아가는 것도, 애써 아무렇지 않은 척하지만 그 속이 탈 수밖에 없었다.

'나랑 동갑이라고 했지.'

유찬은 안타까운 마음에 침을 삼켰다.

송준희 매니저 역시 쉽사리 입을 열지 못했다.

"……."

그렇게 잠시 녹음실 내에 정적이 감돌았다.

물론 그걸 깨뜨리는 한 사람이 있었지만.

"야, 다들 내 녹음 들었냐?"

"……."

"하, 오늘 미친 거 같아. 나 왜 이렇게 잘하지? 유찬아, 너의 고견을 한번 들어볼게. 어떻게 생각해?"

해맑게 걸어오던 도영은 유찬의 싸늘한 눈길에 멈춰 섰다.

"너무해……."

"……."

"…왜 나만 싫어해."

"조용히 해봐."

유찬은 도영에게 눈치를 주며 검지손가락을 입술에 가져다 댔다. 졸지에 머쓱해진 상준을 손사래를 쳤다.

"아니, 뭐야. 그냥 한 말이야."

그런 상준을 잠자코 바라보고 있던 송준희 매니저가 입을 열었다.

"뭔지는 모르겠지만, 지금 네가 할 수 있는 일은 이거야."

컴백.

송준희 매니저는 부드럽게 웃으며 휴대전화를 꺼냈다.

"…컴백일 나왔어요?"

2월 28일.

멀게만 느껴졌던 컴백이 이렇게나 훌쩍 다가왔다니.

밝아진 상준의 얼굴을 물끄러미 바라보며, 송준희 매니저는 조심스레 말을 이었다.

"보여주자, 잘하고 있다고."

상준은 고개를 끄덕이며 흐릿한 미소를 지었다.

'지금 당장 할 수 있는 게 없어도.'

최선이라도 다해보자.

일단은 컴백이 먼저였다.

*   *   *

"탑보이즈! 탑보이즈! 탑보이즈!"

"와아아아아아악!"

돌아왔다.

오랜만에 마주하는 함성 소리.

상준은 흐릿한 미소를 지으며 한 걸음을 뗐다.

"후우."

재능 서고, 동생, 그리고 갈수록 쌓여만 가는 고민들.

그 모든 걸 내려놓고 전율에 휩싸일 수 있는 무대.

너무도 중독적인 이 무대를 얼마나 그려왔는지 모른다.

"네, 돌아온 컴백 무대! 탑보이즈의 '너의 노래' 시작하도록 하겠습니다!"

"꺄아아아아아!"

이 함성 속에서 또다시 뛸 힘을 얻는다.

상준은 주먹을 세게 쥔 채 카메라를 똑바로 응시했다.

컴백이다.

제7장

신인과 무명

확실히 바쁘니까 마음이 진정이 된다.

아니, 진정이 된다는 얘기를 해도 될까 싶을 정도로 정신이 없었다.

"음악 방송 끝나고 라디오에… 리얼리티."

"아, 장난 아니다."

지난 앨범들보다도 배로 바쁜 기분이다. 그건 예상외의 성과 덕분이기도 했다.

"와아아아!"

음원 성적은 시작부터 체감이 달랐다.

7시에 첫 음원차트가 나왔을 때부터 이미 1등을 차지해 버린 엄청난 성적.

"진짜 믿기지가 않는다."

이제는 누가 뭐라고 해도 결코 무명 신인이라고는 부를 수 없는 수치였다. 타이틀곡 1위에 다른 수록곡들도 주르르 차트 인한 상태.

조승현 실장은 말 그대로 일주일 내내 싱글벙글이었다.

기분 좋은 소식은 연이어서 들려왔다.

'해외 차트 1위요……?'

남미, 일본, 태국 등 여러 국가에서도 실시간 1위를 찍으며 저력을 자랑한 것. 그만큼 해외에서 탑보이즈의 입지가 커졌다는 것을 실감할 수 있었다.

'대박이네.'

처음에는 믿기질 않았다. 자고 일어나면 깨버릴까 싶은 꿈같은 일이었지만, 그 여파는 음악방송에서 고스란히 느껴졌다.

"안녕하세요, 탑보이즈입니다!"

"잘 부탁드립니다!"

단체로 대기실에 들어서자마자 환호가 쏟아졌다. 누가 보면 팬 미팅 현장인가 싶을 정도로 열띤 환호다.

뮤직월드 제작진들에게 하나씩 인사를 건네던 상준은 부드럽게 미소를 지었다.

"이야, 월드 스타 왔네."

"에이, 아직 아니에요."

"저희가 더 열심히 하겠습니다!"

해외에선 아직 블랙빈의 인지도를 따라잡는 중이다. 하지만, 적어도 국내에서는 결코 밀린다고 볼 수 없었다.

그래서일까. 원래도 상준을 챙겨주던 제작진들은 오늘따라 더 들떠 있었다.

"우리 MC가 아주 잘나가네."

"그러게 말이에요."

"어, 상준아. 이거 먹을래?"

단체로 박수까지 친 것도 모자라 음료수에 과자들까지 품에 안겨줄 정도다. 상준은 감사 인사를 전하며 하나씩 받아 드느라 정신이 없었다.

"피디님! 피디님!"

워낙 사교성이 좋은 도영은 그새 카메라 피디님과 편한 대화를 주고받고 있었다.

"저 오늘 잘생기게 찍어주세요."

"대충 찍어도 그렇게 나와."

"크으, 뭘 좀 아시네요. 피디님 역시 최고."

엄지손가락까지 치켜들며 대놓고 좋아하는 도영.

멀찍이서 탑보이즈를 지켜보던 스태프들은 자기들끼리 속삭였다.

"애들이 싹싹하네."

"잘나가는 애들이 인성도 좋아."

신인이라서 선배들을 찾아가는 건 기본이었지만, 탑보이즈 정도 되는 가수가 이렇게 대기실마다 싹싹하게 인사를 다니는 경우가 흔치는 않았다.

그래서 더 반응이 좋았는지도 모른다.

스태프들과 짧게 대화를 나누는 동안, 자리에 앉아 있던 유찬이 불쑥 말을 걸었다.

"아, 그거 들었지? 마이데이 애들 이번에 컴백한 거."

탑보이즈 컴백에 앞서 마이데이 친구들도 2주 전에 컴백했었다.

이번에 일정이 겹치다 보니 당연히 음악방송에서 만나게 될 줄 알았건만. 시간대가 안 맞은 모양인지 한 번도 마주치질 못했다.

'이따 한번 들를까.'

상준은 고민하며 피식 웃었다.

"잘하고 있으려나."

"에이, 잘하겠지."

차트 인을 했던 지난 앨범과는 달리 이번 앨범의 성적은 그다지 좋지 않은 모양이었다. 건너 건너 그런 얘기를 듣다 보니 걱정이 안 될 리가 없다.

그 순간.

멤버들을 지켜보고 있던 송준희 매니저가 입을 열었다.

"이제 슬슬 가야 할 거 같은데."

"아."

다른 대기실도 들러야 한다.

상준은 웃으며 가볍게 고개를 숙였다.

"다음에 다시 오겠습니다!"

"잘 부탁드립니다!"

그렇게 훈훈한 분위기 속에서 인사를 마치고 나오려던 순간.

"……!"

상준은 문을 열고 들어온 익숙한 얼굴에 제법 놀랐다.

"안녕하세요!"

"어?"

같은 소속사의 후배 가수 마이데이.

여기서 이들을 만날 줄은 몰랐는데.

상준은 놀란 얼굴로 손을 흔들었다.

"이야, 여기서 만나네."

작게 중얼거린 말이었지만 워낙 긴장한 탓인지 이쪽을 보지도 못한 거 같다. 시은은 당찬 목소리로 스태프들을 향해 거듭 고개를 숙였다.

"안녕하세요, 이번에 컴백한 마이데이라고 합니다!"

"잘 부탁드립니다!'

탑보이즈와 마찬가지로 당당하고 활기찬 인사.

하지만, 분위기는 확연히 달랐다.

"……."

순간, 대기실에 침묵이 감싸고 돌았기 때문이었다.

당황한 선우가 먼저 입을 열었다.

"어어, 이번에 컴백했는데 여기서 만나네."

"그러게."

"준비는 잘했고?"

긴장한 티가 확실히 난다. 덜덜 떨고 있는 시은을 본 상준은 선우를 따라 말을 얹었다. 그제야 가만히 앉아 있던 작가 한 명이 손뼉을 쳤다.

"아… 어디서 많이 봤나 했는데."

머리를 긁적이고선 뒤늦게 말을 더한다.

"탑보이즈 회사 후배죠?"

"네, 맞습니다!"

"JS 엔터에서 왔습니다!"

조금의 관심이라도 쏠리는 게 얼마나 감사한지 모른다. 서영은 애써 웃어 보이며 밝게 답했다. 옆에 앉아 있던 스태프는 고개를 끄덕이며 말을 얹었다.

"아. JS구나."

그제야 조금은 인정해 주는 눈빛.

싸늘하던 공기가 탑보이즈의 농담으로 조금은 살아났다.

하지만.

"……"

시은의 얼굴은 아까와는 달리 묘하게 굳어 있었다.

*　　　　　*　　　　　*

"먼저 갈게요."

"네, 다음에 봬요!"

마이데이를 두고 선배들의 대기실을 한 번씩 찾아가 인사를 돌게 된 탑보이즈다. 음악방송을 벌써 여러 번 했으니 이 일도 제법 익숙해졌다.

친동생처럼 반겨주는 선배들도 있고 크게 관심이 없어 보이는 선배들도 있다. 그야말로 다양한 인간 군상을 모두 마주해야 하는 시간이니 정신적 피로가 컸다.

드디어 마지막 차례.

[더블틴]

상준은 대기실 앞 이름을 확인하고선 조심스레 문고리를 당겼다.

"안녕하세요."

SG 엔터테인먼트의 9인조 아이돌.

어느덧 데뷔 5년 차인 선배 가수 더블틴이다.

지난 싱글에서도 탑보이즈와 만났었는데 이번에도 방송 시기가 비슷하게 겹쳤다. 1위 후보를 앞다투는 상황인 터라 한층 긴장됐다.

하지만, 그런 긴장이 무색하게도.

탑보이즈를 반기는 목소리가 울려 퍼졌다.

"어, 탑보이즈다!"

지난 대기실에서도 그랬지만 지금의 탑보이즈를 배척하는 곳은 거의 없었다. 후배에게 별 관심이 없는 선배들이야 의례상으로 인사를 받아줄 뿐이었지만, 대부분은 이렇게 격한 환호로 맞이해 주었다.

"이야."

역시나 상준의 얼굴을 확인하자마자 단체로 우르르 일어서는 더블틴.

"안녕하세요, Dream the top! 탑보이즈입니다, 열심히 하겠습니다!"

정식 인사를 마치자마자 더블틴은 웃으며 손사래를 쳤다.

"이렇게 만나는 건 처음이지?"

가요계 선배인 데다가 데뷔 때부터 제법 흥행 가도를 걸었던 더블틴이다. 노래가 좋다고 도영이 그렇게 칭찬하던 걸 들었으니 인상은 좋았다.

라이벌 같은 선배지만, 서로에게 좋은 쪽으로 자극을 주는 선배.

그게 상준이 그간 더블틴을 봐왔던 이미지였다.

"네가 상준이구나."

더블틴의 리더, 온의 시선이 상준에게 쏠렸다.

부드러운 목소리에 고개를 끄덕이는 상준.

온은 유독 상준과 선우에게 관심이 많아 보였다.

"지난번에 출연한 영화도 봤어."

"아, 진짜요?"

"연기 잘하더라."

덕담도 오고 가는 훈훈한 분위기. 일부러 편하게 대하라며 말을 건네왔지만 어색한 미소를 지을 뿐이었다.

"이번에 앨범 장난 아니던데."

"아이, 아닙니다."

도영이 생글거리며 온의 호의에 답했다.

"아, 선배님. 이번에 컨셉 완전 바뀌셨잖아요. 그러면 팬들이 뭐라고 해요?"

"컨셉?"

지난 앨범과 이번 앨범의 컨셉이 확연히 달라진 건 탑보이즈도 마찬가지다. 그런 부분에서 의견을 듣고자 했던 도영의 질문에 친절하게 답해주는 온이다.

그때, 제현이 두 눈을 반짝이며 손을 들었다.

"선배님, TV에서 많이 봤어요."

"지난 앨범 때 성적이 좀 그래서 이번에는 신경을 썼지. 확실히 컨셉이 바뀌면 성적에도 영향이 가더라고."

"……."

제현의 말을 들었을 텐데도 도영에게 고개를 돌리는 더블틴의 온이다. 제현은 머쓱한 표정으로 고개를 떨궜다. 그걸 보지 못한 도영은 신이 나서 목소리를 높였다.

'흐음.'

유찬은 멀찍이서 제현을 보고선 말을 걸었다.

"요새 스케줄 빡세서 피곤하지?"

"엉."

"숙소 들어가서 자자."

둘의 대화를 듣고 있던 상준은 바로 옆에서 들려온 온의 목소리에 다시 고개를 돌렸다.

"상준이는? 다시 연기할 생각 없어?"

"아."

상준은 부드럽게 웃어 보이며 온을 돌아보았다.

거의 1년 전에 촬영했던 드라마 외에 연기 쪽으로는 완전히 활동을 쉬고 있던 상준이다.

"연기는… 글쎄요. 아직 잘 모르겠어요."

"너도 잘하더라."

"아, 감사합니다."

「절대자의 감각」.

묘하게 불편한 기분이 들었지만 지금은 그런 걸 생각할 때가 아니었다.

"탑보이즈 사녹 들어갈게요."

"어?"

"저희 가볼게요!"

컴백 첫 번째 무대가 대기하고 있는 상황.

상준은 벌떡 일어서며 고개를 돌렸다.

넓지만 한편으로는 좁은 이 연예계에서, 어쩌면 자주 보게 될지도 모른다는 생각이 들었으니까.

"잘 부탁드립니다!"

피곤한 인사를 마치며, 탑보이즈는 자리를 떴다.

＊　　　　＊　　　　＊

그리고.

탑보이즈가 떠나자마자 입가에 띠고 있던 미소는 흔적도 없이 사라졌다.

온의 옆에 앉아 있던 갈색 머리가 말을 던졌다.

"어때?"

"애들은 괜찮아 보이는데."

"그래?"

"친하게 지내서 나쁠 거 없잖아."

솔직한 온의 한마디에 갈색 머리는 웃음을 터뜨렸다.

"야, 딱 티가 나던데. 그렇게 후배 삼고 싶었냐?"

"요새 잘나가더라고."

온은 주머니에서 휴대전화를 꺼내며 냉랭한 말을 뱉었다.

"근데 애들이 신인이라서 그런가, 좀 맹해 보이긴 하더라."

"노래는 들어봤어?"

"굳이 왜 듣냐. 컴백 겹치는데."

이미 무대로 향한 탑보이즈가 들었더라면 다소 놀랐을 말들.

온은 대수롭지 않게 말을 뱉으며 대기실 의자에 기댔다.

"아, 빨리 끝나고 자고 싶은데. 하, 지들이 뭔데 대기하라 지랄
인지. 빨리 사녹 들어가면 뭐가 덧나?"

TV에서 보이던 이미지와는 사뭇 다른 온의 모습.

옆에 앉아 있던 멤버들은 깔깔대며 말을 얹었다.

"야, 팬 미팅 담 주에 잡힌 거 알아?"

"팬 미팅?"

온은 나직이 욕설을 뱉어내며 혀를 찼다.

"몇 시간 동안 처웃고 앉아 있어야겠네. 진짜 그딴 건 왜 하는
지 몰라."

"내 말이."

"감정노동이다, 감정노동."

"그래도 그게 어디야. 가만히 앉아만 있어도 알아서들 돈을

퍼주는데."

그렇게 밖에 흘러나가선 안 될 말들을 자기들끼리 열심히 주고받고 있는 사이.

똑똑똑.

더블틴의 대기실 문이 다시 열렸다.

"뭐야?"

온은 다급히 표정을 관리하며 고개를 돌렸다.

그러나 이내 눈앞의 얼굴들을 확인하고선 다시 건조한 눈빛이 되었다.

얼굴조차 익숙하지 않은 신인이 문을 열고 들어왔기 때문이었다.

"안녕하세요, 마이데이입니다!"

스태프 대기실에 꽤 오래 잡혀 있다가 이곳저곳을 돌다 보니 시간대가 안 맞았다. 마지막으로 더블틴 대기실에 들른 시은은 퍽 긴장했다.

"……."

차원이 다를 정도로 서늘한 공기.

더블틴의 리더 온이 고개를 들었다.

"어, 들어와."

*   *   *

스태프 대기실에서도 그랬다.

자신들이 인사를 건네면 찬물을 끼얹은 듯 고요해지는 대기실.

하지만, 여기는 더했다.

"……."

마치 오면 안 될 사람이 왔다는 듯이 냉랭한 반응.

다른 선배들의 대기실을 들렀을 때보다도 확연하게 느껴지는 반응에, 시온은 입술을 지그시 깨물었다.

"아."

"열심히 하겠… 습니다! 잘 부탁드립니다!"

보다 못한 한비가 다시 한번 고개를 숙였다. 평상시엔 냉랭하고 이성적인 한비마저도 무안했는지 어색한 미소를 흘렸다.

온은 대답 대신 빤히 시온을 바라보았다.

"흐음."

사람이 가득 차 있는 대기실이 이렇게 조용할 수가. 한참 동안 입을 꾹 다물고 있던 온은 피식 웃음을 터뜨렸다.

"아, 왜 그렇게 긴장했어."

"아, 아닙니다!"

역시 착각한 거겠지.

'다행이다.'

시온은 고개를 숙이며 당차게 말을 뱉었다.

"이번에 컴백했어요!"

더블틴 정도의 그룹이면 TV에서도 많이 봐왔다. 후배들과 선배들에게 그렇게 잘 대해준다는 이미지로도 알려졌는데 이렇게 싸늘할 리가 없었다.

'기분 안 좋은 일이 있으셨던 건가.'

아까 잠시 기분이 안 좋았던 거라고.

멤버들은 그렇게 생각했다.

실제로 지금의 온은 웃으며 멤버들을 바라보고 있었다.

서영은 안도의 한숨을 내쉬며 입가에 미소를 띠었다.

그런데 어째.

뭔가 좀 이상하다.

"……."

노골적으로 향하는 시선.

줄곧 멤버들을 빤히 스캔하고 있던 온이 다시 입을 열었다.

"아, JS가 이런 스타일들 좋아하는구나."

"네……?"

직설적인 한마디에 당황한 시은이 되물었다.

"거기가 남돌은 잘 뽑던데."

지극히 조소가 담겨 있는 표정. 시은은 두 눈을 끔뻑이며 온의 말을 되짚었다. 온은 어깨를 으쓱이며 싸늘한 말을 뱉었다.

"잘 성공해 봐."

"……."

황당해서 말도 잘 나오지 않는다. 어디서나 당차게 제 할 말은 했던 시은도 완전히 멍해 있었다. 눈꺼풀이 덜덜 떨리는 걸 느끼며 시은은 두 손을 모았다.

'뭐라고 답하지?'

머릿속이 하얘진 거 같다. 표정 관리에 실패한 시은이 조심스레 고개를 돌리던 순간, 다행히 서영이 웃으며 마무리했다.

"네, 감사합니다! 열심히 할게요!"

저런 말을 듣고도 대답이 나온다니.

시은은 분한 나머지 입술을 잘근 깨물었다.

그때, 더블틴의 온이 말을 얹었다.

"근데 언제 가?"

"아."

온의 묵직한 한마디.

그렇게 멀뚱히 서 있지 말고 어서 꺼져달라는 말로 들렸다.

실제로 그런 의도이기도 했고.

"…하."

시은은 뒤돌아서며 눈물을 머금었다.

탑보이즈와 같이 다녔을 때만 해도 이랬던 적이 한 번도 없었다.

JS 엔터의 새로운 여자 아이돌.

믿고 듣는 JS라는 평이 있을 정도로 평판이 좋은 회사였기에, 대부분 인정해 주는 분위기가 있었다.

첫 데뷔 때는 가망 있는 신인으로 인정받았고, 블랙빈과 탑보이즈의 후배라는 명목하에 호의를 보이는 사람도 많았다.

그런데.

'무명 아이돌의 설움이 이런 거였나.'

앨범이 차트 아웃을 했을 뿐이다.

닫힌 문을 돌아보며, 시은은 떨리는 목소리로 말을 뱉었다.

"우리가 뭐… 잘못했어?"

*　　　　　*　　　　　*

"대기실에서 봤는데 애들 표정이 안 좋아 보이더라."

"걱정이 많나, 요새."

"그럴 때지."

한편 대기실로 돌아온 탑보이즈는 마이데이의 얘기를 주고받고 있었다.

이번 앨범 성적이 기대에 미치지 못했다는 것쯤은 그들도 알고 있었다. 하나뿐인 회사 후배니 자연히 걱정될 수밖에 없었다.

특히 마음이 여린 선우는 계속해서 같은 말만 중얼대고 있었다.

"주형이랑 새별이도 데뷔할 거니까 더 초조하려나."

너튜버로 인기를 모았던 주형과 새별이다.

회사에서도 둘의 데뷔를 적극 지원하고 있으니 신경이 쓰일 수밖에. 탑보이즈도 마이데이도 걱정이 될 수밖에 없는 상황이지만, 상준은 그 친구들을 믿었다.

"잘하겠지."

사실 데뷔가 전부가 아니다. 데뷔 후엔 더 살벌한 경쟁에 내던져지게 되니까.

하나의 앨범이 잘된다고 해서 다음 앨범이 잘된다는 보장도 없는 게 이 바닥이니.

당장 탑보이즈만 해도 그랬다.

역대급 성적을 안겨준 이번 앨범이었지만, 마음을 놓을 수 없기에 매 순간이 간절했다.

다음 앨범이 성적이 안 좋으면 어떡할까. 그런 불안감 속에 살아갈 수밖에 없는 외로움. 상준의 말에 제현은 고개를 끄덕였다.

"맞아. 그래도 원래 잘하잖아."

"그렇지?"

데뷔 전부터 봐온 후배라 그런지 애착이 간다.

잠시 어두워질 뻔했던 분위기를 띄운 건 도영이었다.

"아, 맞다. 더블틴 있잖아."

"아까 만난 분들?"

도영은 고개를 격하게 끄덕이며 화제를 돌렸다.

"노래만 좋은 게 아니라 인성도 좋은 거 같아."

단체로 찾아갔을 때 따스하게 대해주던 선배들. 은근히 엄격한 규율이 남아 있는 연예계에서 그렇게 부드럽게 대해주는 선배들이 많지는 않았다.

선우도 도영의 말에 동감했다.

"그렇지? 특히 그 리더라는 분."

더블틴의 리더 온.

어색해할 수 있는 탑보이즈를 위해 가장 먼저 말을 걸어와 준 선배였다. 선우와는 또 다른 리더십이 있어 보이는 여유가 유독 인상적이었다.

'본받아야지.'

선우는 그런 생각을 하며 말을 이었다.

"우리보다 나이가 많아서 그런가. 확실히 선배 느낌 나더라."

"그래?"

그런 선우의 말을 잠자코 듣고 있던 유찬이 의아한 얼굴로 고개를 들었다.

"으으음. 음."

그 와중에도 상준은 패드를 펼쳐놓고 이어폰을 꽂고 있었다.

아까 마이데이의 이야기가 나올 때부터 줄곧 작곡 프로그램에 정신이 쏠려 있던 상준.

"콩나물 대신에 음표를 찍는 거야?"

도영이 물어오는 데도 집중한 나머지 대답도 놓친다.

유찬은 그런 상준을 힐끗 돌아보고선 말을 뱉었다.

"난 잘 모르겠던데. 착한지."

"…엥?"

더블틴의 온. 유찬이 봤을 때엔 그렇게 부드러운 인상이 아니었다.

오히려 껄끄러운 속내를 감추고 있는 듯한 모습.

미묘한 불편함을 감지한 유찬이 뱉은 말이었다.

"왜?"

"그냥. 잘 모르겠다고. 착한 느낌은 아니던데."

별다른 근거가 없는 말에 괜히 도영에게 놀림거리가 되는 유찬. 이 틈을 놓칠 리 없는 도영이 말을 잘렀다.

"네가 부정적이라서 그런 거야?"

"어휴, 또 싸운다."

투닥대는 동생들의 목소리를 배경음 삼아 작곡에 집중하는 상준.

요새 줄곧 바빠서 곡을 만들 시간이 없었는데.

"야, 야!"

"뭐, 너는 대낮부터 시비냐."

"아, 저리 비키라고."

'으음.'

이게 백색소음인가.

"차도영, 저 새끼 저거 튀었어."

"야, 그만들 싸워!"

"매니저님, 제현이가 제 과자 뺏어 먹었어요!"

아니, 그냥 소음 같은데.

상준은 머리를 긁적이며 이어폰을 뺐다.

코드를 깔고 드럼 비트를 얹은 후,

봄 느낌이 물씬 나는 노래를 찍어냈다.

3, 4월쯤에 싱글로 컴백한다면 더할 나위 없이 좋을 거 같았다.

마이데이의 원래 스타일과도 딱 들어맞고.

'괜찮은데.'

한번 멜로디를 쓰윽 훑어본 상준은 확신에 찬 얼굴로 고개를 들었다.

"다 만들었다."

"꾸에에…… 어?"

"뭐?"

생각보다 큰 목소리가 나온 터라 모두의 시선이 상준에게 쏠렸다.

"뭘 만들었……."

유찬에게 헤드록이 걸린 도영이 물어오자, 상준은 담담한 얼굴로 말을 뱉었다.

"애들 줄 곡."

       *　　　　*　　　　*

자세한 내막은 몰라도 기운이 없어 보이긴 했다.

아마 지난 곡이 잘 안 된 게 가장 큰 이유라고 생각한 상준은 대기실에서 줄곧 작곡에 매달려 있었다.

'그래 봤자 급하게 만들었긴 한데.'

아직 다듬고 믹싱해야 할 부분이 남아 있긴 했지만, 오랜만에 애들도 제대로 볼 겸 마이데이의 대기실에 찾아왔다.

"이거 들어봐."

"엉."

해맑은 제현과 함께 말이다.

제현은 상준이 건네는 패드를 받아 들고선 대기실 앞에서 까치발을 들었다.

"이쪽 같은데?"

"그래?"

상준은 제현을 따라가며 이번 마이데이의 컨셉을 상기했다.

원래는 우진이 주로 프로듀싱을 했었지만, 이번엔 일정이 꼬이면서 다른 프로듀서에게 곡을 받아 왔다. 다소 파격적인 변화에 도전해 보고자 컨셉을 바꿨었는데 그게 생각보다 잘 풀리지 않았다.

"후우."

상준은 깊은 한숨을 내쉬며 문제점을 진단했다.

이전의 마이데이와는 다르게 다소 하드해 보이는 이번 컴백곡.

"평균 나이 19세에 무슨 섹시 컨셉이야."

"어?"

"이런 걸 하니까 안 어울린다 하지."

상준의 말에 제현은 머리를 긁적이며 되물었다.

"난 잘하는데. 섹시 컨셉."

"지나가던 팽이가 웃겠다."

"…너무해."

생각해 보니 이 녀석이 벌써 열아홉이다. 그런데 아직도 저렇게 해맑다니.

'하기야 차도영도…….'

상준은 혀를 차고선 제현에게 패드를 돌려받았다.

"제현아, 내가 엄청난 사실 하나 알려줄까?"

"뭔데?"

"단언컨대 내가 쓴 곡은 다 잘돼."

이걸로 마이데이 애들에게 조금 사기를 불어넣어 줄 수 있지 않을까. 상준의 한마디에 제현은 고개를 갸우뚱했다.

"진짜?"

"그러엄. 믿어봐, 한번."

실제로도 상준의 곡이 족족 잘되긴 했으니까.

제현은 고개를 끄덕이며 작게 중얼거렸다.

"상준이 형. 허세 메모…….”

"뭐?"

"아, 아무것도 아니야."

서로 투닥대며 두 계단을 내려오니 마이데이의 대기실이 있다.

길어 보이는 복도에서도 마이데이의 대기실은 가장 구석에 있었다.

"아, 여기 기억나지?"

"어엉. 우리 썼던 데다."

탑보이즈도 쌩신인 때 썼던 대기실이다.

"엄청 작은데, 여기."

그나마 애들이 4명이어서 망정이지, 생각보다 좁은 대기실이다. 상준은 당시의 기억을 떠올리며 문고리를 잡았다.

그때였다.

"야, 너 지금 말 다 했어?"

날이 선 목소리가 대기실 안에서 들려왔다.

'뭐야?'

제현의 두 눈이 동그레졌다.

"잠깐만."

언성을 높인 목소리가 너무도 익숙해서였다. 상준은 문고리를 잡으려던 손을 내려놓고선 벽에 기댔다. 제현이 의아한 얼굴로 작게 속삭였다.

"형, 시은이 누나 아니야?"

"…쉿."

아무래도 맞는 거 같다.

상준은 검지손가락을 입술에 가져다 대며 침을 삼켰다.

안에서 무슨 일이 벌어지고 있는지는 모르겠지만 시은이 잔뜩 화가 난 것만큼은 분명했다.

저런 상황에서 다짜고짜 문을 열고 들어갈 수 없으니 조심스러워진다.

'애들 싸우나?'

사실 팀 활동을 하면서 충돌이 일어나는 경우는 빈번했다.

그러니 의견 충돌이 일어난다고 해서 이상한 건 아니다.

'그래도 사이좋아 보였는데.'

상준은 걱정스러운 표정으로 고개를 떨구었다.

그런 걱정에는 다행인 걸까.

"왜 내가 틀린 말 했어?"

시은의 말에 맞받아치는 목소리는 전혀 낯선 이의 것이었다.

"…어?"

상준은 놀란 눈으로 고개를 홱 돌렸다.

상준의 패드를 한 손으로 꼭 붙잡고 있는 제현이 은근히 눈치를 살폈다. 상준은 그런 제현을 향해 조심스레 물었다.

"아무래도 다음에 다시 오는 게 좋겠지……?"

"어엉, 가자."

맥락을 들어 보니 선배와 싸우고 있는 건 아닐 테고.

사적인 일까지 굳이 관여할 필요는 없다. 상준은 어서 자리를 뜰 생각으로 발걸음을 돌렸다.

그 순간.

"하, 기가 치네."

"……."

"언니, 우리 기획사에서 실력 안 돼서 쫓겨난 거 아니야?"

한마디가 상준을 붙들었다.

        *   *   *

냉랭한 공기가 감도는 대기실.

시은은 눈앞의 여자아이를 노려보며 서 있었다.

이연.

JS 엔터에 오기 전 SG 엔터테인먼트에서 한솥밥을 먹던 식구였다. 같이 데뷔조를 노리던 경쟁자이기도 했고.

"하."

그때도 저렇게 앞뒤 안 재가면서 덤비는 건 매한가지였는데.

시은은 기가 막히다는 듯이 살벌하게 말을 쏘아붙였다.

"그래서 너는? 너는 데뷔라도 했어?"

높게 머리를 치켜 묶은 연은 팔짱을 끼며 웃음을 흘렸다.

자신감이 넘쳐흐르는 조소. 연의 비아냥이 다시 시작됐다.

"나야 다음 달 내로 데뷔하지."

"…네가?"

"언니는 어찌어찌 데뷔는 했는데. 잘 안 되고 있나 봐?"

SG 엔터에서도 재능이 뛰어나다고 칭찬받았던 아이.

비주얼에 실력까지 모든 걸 갖추고 있던 친구였다.

SG 엔터의 사정으로 데뷔가 미뤄지면서, 자신보다 실력이 부족하다고 생각했던 시은이 먼저 데뷔한 것이 퍽 아니꼬왔던 모양이었다.

"그냥 무시해."

보다 못한 한비가 한숨을 내쉬며 끼어들었다.

데뷔도 하지 못한 일개 연습생이 달려와서 깽판을 칠 만큼 지금의 마이데이가 무명 신인이라는 의미기도 했지만.

결과적으로 지금 눈앞의 상황이 정상인 건 아니었으니까.

한비는 연을 똑바로 노려보며 차갑게 말을 뱉었다.

"그냥 회사나 돌아가서 연습해. 스케줄이 있는 것도 아니고, 방송국까지 찾아와서 난리. 너는 시간이 아깝지도 않냐?"

"……"

한비의 돌직구에 연의 눈꺼풀이 바르르 떨렸다.

자존심을 저격하는 한마디에 급격히 무너져 내린 탓이었다.

하지만, 객기는 거기서 끝나질 않았다.

연은 오히려 더 서늘한 목소리로 시은을 쏘아붙였다.

"아, 우리 오빠가 그러는데. 실력 안 되는 애들은 빨리빨리 뜨는 게 답이래. 이 바닥은."

"하."

"나는 아직 안 까봤지만, 니들은 까봤잖아? 될 놈인지, 안 될 놈인지. 다들 후자 아니었어?"

대체 저런 말은 어디서 배워 왔는지.

한비는 짧게 혀를 찼을 뿐이지만, 시은은 달랐다.

"야… 너 지금 뭐라고 했어?"

우진과 나란히 SG 엔터테인먼트에 들어갔을 때.

저 녀석이 어떤 막말을 해왔는지 똑똑히 기억났기 때문에.

SG 엔터의 데뷔조였던 연은 당시에도 제 잘난 맛에 살았다.

하지만, 그렇게 다녀도 아무도 제지하지 않은 이유.

SG 엔터의 유명 보이 그룹이었던 더블틴의 리더, 온.

그의 동생이었기 때문이었다.

"내가 족족 맞는 말만 했을 텐데. 아니야?"

연은 피식 웃으며 말을 뱉었다.

그 순간.

벌컥.

대기실의 문이 열렸다.

'맞는 말은 무슨.'

어김없이 처맞는 말을 줄줄이 늘어놓고 있던 연.

밖에서 그 말을 다 듣고 온 상준은 입가에 조소를 머금었다.

"어……?"

갑작스러운 상준과 제현의 등장에 놀란 마이데이가 두 눈을 크게 떴다. 아까까지 살벌한 말을 쏘아대던 연도 마찬가지였다.

"헉, 탑보이즈 선배님! 안녕하세요!"

놀랍게도.

마이데이보다 먼저 사근사근하게 인사를 걸어온 건 연이었다.

'기가 차네.'

방금 전까지는 그렇게 싸가지 없는 말들을 쏟아부어 놓고선.

얼핏 봐선 제현보다도 어린애 같았다.

그런 애가 저렇게 빤히 보일 짓을 하고 있으니 소름이 돋을 지경이었다.

"제가 진짜 팬이거든요, 선배님. 와, 이렇게 뵙게 되네요."

"아."

"오빠한테 말 많이 들었어요. 저희 오빠가 더블틴의……."

아니나 다를까.

자랑이 그거 하나밖에 없을 법한 연이 더블틴 얘기를 꺼내 들었다.

구석에선 차갑게 식은 얼굴로 연을 응시하고 있는 시은이 있었다.

자세한 상황은 모르겠고.

"선배님, 혹시 사진 한 번이라도 찍어주실 수 있으……."

"됐고."

지금은 눈앞의 간신배가 걸리적거릴 뿐이니.

"누구세요?"

상준은 주머니에 손을 찌른 채 피식 웃었다.

＊　　　　　＊　　　　　＊

"네……?"

반응은 예상대로였다. 상준의 한마디가 충격인지 멍하니 멈춰버린 연.

상준은 다시 한번 그녀를 향해 되물었다.

"전 후배 보러 온 건데. 그쪽은 누구세요? 제 후배는 아닌 거 같은데."

"어……."

잠시 당황하던 연은 빠르게 생각을 바로잡았다.

"하하."

연은 어색하게 웃으며 눈꼬리를 휘었다. 그게 가식임을 아는 상준의 눈에는 퍽 부자연스러워 보일 뿐이었다.

"팬이에요, 팬. 곧 데뷔할 예정이에요. SG 엔터에서……."

"아, 그래요?"

아무리 눈치가 없는 사람이라도, 지금의 상준의 대답에 영혼이 없는 것쯤은 알 수 있을 터였다. 전혀 감정이 묻어 있지 않은 한마디에 연은 머쓱해졌다.

상준은 그런 연을 힐끗 돌아보며 말을 뱉었다.

"팬인데 여기까지 들어오세요? 심지어 처음 보는 팬인데."

"팬들을 다 기억하시나 봐요."

"그럼요. 소중한 팬분들은 다 기억하는데. 처음 뵈는 분이라."

상준의 말에 연은 식은땀을 흘리면서도 웃었다.

"하하, 농담이 심하시네요."

"농담 아닌데요."

사생도 아니고 대기실까지 들어오냐는 상준의 뉘앙스에 연은 제법 당황했다. 온을 보러 들른 길이었지만 마이데이의 대기실까지 찾아온 건 변명이 되질 않았으니까.

보다 못한 연은 무리수를 뒀다.

"사실 시은이랑 제가 친해서요."

"……."

"안 친해 보이던데."

이번에 돌직구를 날린 것은 제현이었다.

"…네?"

"안 친해 보여요. 제가 그런 거 잘 보거든요."

막대 사탕을 오물거리며 던지는 제현의 말에 연의 얼굴이 급속도로 빨개졌다.

"하, 잘못 보신 거 같은데요."

"저 시력 좋아요."

"크흡."

가만히 듣고 있던 시은이 웃음을 참지 못하고 입을 가렸다.

제현은 뭐가 문제인지 모르겠다는 표정으로 두 눈을 굴렸다.

"양쪽 다 2.0인데?"

"…야."

"와아, 눈 좋으세요."

"대박, 대박."

"크, 건강하다!"

갑자기 시력을 자랑하는 제현과 뒤에서 박수까지 치고 있는 서영과 다겸. 제현은 뿌듯한 미소를 지으며 손을 흔들었다.

이것만 해도 기가 찰 지경인데.

"아, 맞다."

거기에 담담한 목소리로 돌직구를 꽂는 상준까지.

"이 친구들 보러 온 거라 자리 좀 비켜주실래요?"

사실상 6 대 1이 되어버린 상황.

연은 창백해진 얼굴로 물러설 수밖에 없었다.

*　　　　*　　　　*

"배짱도 커."

상준은 혀를 차며 작게 중얼거렸다. 물론 상준과 제현이 끼어들지는 저 애도 몰랐겠지만, 그럼에도 다짜고짜 대기실에 들어온 건 놀라운 수준이었다.

연예인들끼리의 기 싸움이야 빈번한 일이다.

주먹이 오고 가지 않는 이상 매니저나 스태프들도 가만히 있었던 모양이지만.

그래도 겨우 데뷔조인 친구가 저렇게 날아다닐 줄은 몰랐다.

상준은 시은이 들려준 얘기를 떠올리며 깊은 한숨을 내쉬었다.

'이미 마음은 데뷔한 모양이던데.'

'그래 보이더라.'

'쫄딱 망했으면 좋겠다. 이렇게 말하면 너무 없어 보이나.'

시은이 웃음을 흘리며 힘겹게 꺼낸 말들.

재능이 넘치다 못해 흘러내리던 애였으니, SG 엔터에서 그 누구도 쉽사리 건드리질 못했다고.

거기에 오빠의 힘을 믿고 시은과 우진에게 비아냥대던 녀석.

'저랑 우진이 나간 이유에 저 녀석도 한몫해요.'

재능이 없고 대중적이지 않다면서 기를 죽인 건 비단 트레이너들만이 아니었다. 무한 경쟁에 가까웠던 연습생 시절부터 서로에게 쏘아붙이던 말이었던 것이다.

"그래서 애들이 요새 기죽어 있었나."

성적이 좋지 않으니 그 아이의 말에 확신도 서지 않았던 것이겠지.

상준은 어두운 표정으로 작게 중얼거렸다.

그 와중에도 신나게 드러누워 있는 태헌.

"으음."

"뭐 하냐?'

상준은 태헌의 옆구리를 툭 치며 혀를 찼다.

연습실 구석에 숨겨두었던 과자를 벌써 다 털어가고 있다.

"그만 처먹어."

"아, 거참 쩨쩨하네. 하운아, 그렇지?"

"그렇네요."

상준, 태헌, 하운까지.

셋이 모처럼 만에 JS 엔터의 연습실에서 모인 이유는 하나였다.

이번 뮤직월드 방송에서 스페셜 무대를 함께 선보일 예정이었기 때문.

연습을 위해 모였던 원래 의도와는 달리 과자를 까먹으며 신나게 대화를 나누고 있지만.

상준의 말을 끝까지 들은 태헌은 고개를 끄덕이며 말을 뱉었다.

상준과는 달리 연의 패기를 그렇게 진지하게 생각하지는 않는 듯했다.

"걔도 참. 데뷔하면 알겠지. 그게 얼마나 막연한 시작인지."

어느덧 4년 차가 되어가는 드림스트릿.

유독 어린 나이에 데뷔했지만 지금까지 달려오는 동안 우여곡절이 참 많았다.

처음부터 잘 풀린 편인 탑보이즈와 달리 드림스트릿은 그렇지 못했으니까. 상준은 태헌의 말에 담긴 의도를 이해했다.

"근데 너도 알잖아. 데뷔 전에, 그거 자체로 취해 있는 거."

"맞지."

태헌은 피식 웃으며 상준의 말에 동감했다.

"원래 그때는 다 그래. 그렇지, 하운아?"

"저도 그랬어요."

'마이픽' 때 데뷔가 좌절되고 힘겹게 배우로 다시 시작했던 하운.

사실 곽성수 감독의 영화로 조명을 받기 전까지는 말 그대로 무명 그 자체였다.

"근데 데뷔하니까 더 힘들더라고요."

요새 마이데이가 힘들어하는 이유를 짐작하지 못하는 건 아니었지만 하운과 태헌의 경우 마이데이보다 훨씬 환경이 열악했다.

"우리는 회사에서도 무시했는데, 뭐."

태헌의 말에 하운은 격하게 고개를 끄덕였다.

"이딴 식으로 할 거면 때려치우라는 소리 엄청 들었죠."

"매니저님 아니었으면 나도 못 버텼다."

JS 엔터와는 달리 규모가 작았던 회사에 있던 둘은 사실상 홍보도 제대로 받질 못했다. 그 상태에서 이어지던 폭언들.

"길 가다 지나치면 뭐 처먹지 마라, 연습은 했냐. 사람 피 말리게 하는 데는 장난이 아니었지."

"맞아요."

"…눈물 없이 못 들을 스토리네."

YH 엔터에서 상준도 경험했던 일들이었지만 그보다도 더했던 모양이었다. 태헌은 드림스트릿이 지금의 위치에 서기 전까지 겪었던 일들을 떠올리며 몸서리를 쳤다.

"매니저님이 다 막아주셨지, 그나마."

"그랬구나."

왜 그렇게 각별했는지 이제야 알 거 같았다.

조승현 실장, 송준희 매니저까지. 생각해 보면 JS 엔터 식구들은 모두 데뷔 초부터 탑보이즈를 존중해 주던 사람들이었지만, 그렇지 못한 회사가 훨씬 많았다.

그런 상황에서 자신을 아티스트로서 인정해 줬던 매니저 형이 고마웠겠지. 태헌은 과자를 한 움큼 털어 넣고선 말을 이었다.

"근데 이런 거 보면 걔가 참 신기하긴 해."

"누구?"

"시은이한테 까불었다는 꼬맹이. 데뷔조인데 어떻게 그렇게 다니지? 이야, 나는 상상도 못 했다. 그게 대형 엔터의 패기인가?"

태헌은 혀를 내두르며 기가 차다는 듯이 말했다.

"아."

상준은 고개를 저으며 말을 뱉었다.

"오빠가 아이돌이래."

"어, 진짜?"

그것도 나름 잘나가는 아이돌이니까.

상준은 머리를 긁적이며 말을 이었다.

"그래도 걔 오빠는 괜찮은 거 같던데."

"누구?"

태헌과 하운의 시선이 동시에 상준에게 쏠렸다. 상준은 담담한 목소리로 시은에게 들었던 말을 뱉어냈다.

"더블틴 온이라고. 지난번에 얼핏 봤을 때는 친절한 사람이었는데……"

"하."

상준의 한마디에 기가 찬다며 웃는 태헌.

"아, 그 이중인격?"

"어?"

"몰랐냐, 그 싸가지."

날이 선 태헌의 한마디가 연습실에 울려 퍼졌다.

"내가 본 선배들 중에서 가장 악랄한 새낀데."

*   *   *

"완전 무명일 때였지……"

태헌은 혀를 차며 말끝을 흐렸다.

드림스트릿이 데뷔한 지 반년이 되었을 때.

그때는 음악방송 출연조차 버겁게 느껴질 정도로 무명이던 시절이었다.

"안녕하세요, 드림스트릿입니다! 잘 부탁드립니다!"

겨우 두 번째 미니앨범을 활동할 즈음, 태헌은 멤버들과 함께 대기실 인사를 다니느라 바빴다. 조금의 여유도 없었던 스케줄, 피곤한 몸을 이끌고 한 대기실에 다다랐을 때. 태헌은 대기실 앞에서부터 불안한 기분을 느꼈다.

[더블틴]

"어, 신인이야?"

데뷔 1년 차가 조금 넘었던 더블틴은 당시 드림스트릿 못지않은 신인이었다. 차이가 있다면 대형 신인이라는 것.

처음부터 각종 리얼리티로 팬덤을 끌어모은 더블틴은 드림스트릿과는 시작부터 달랐다. 지금도 더블틴의 팬덤이 훨씬 크지만, 그때의 격차는 하늘과 땅 수준이었으니.

"네, 신인입니다."

태헌은 대답하면서도 당황한 나머지 눈을 열심히 굴렸다.

'지도 신인이면서.'

누가 보면 몇 년 차 선배는 되어 보이는 포스다.

더욱이 초면부터 반말이라니 기가 찰 지경이다.

"무슨 회사야?"

태헌의 옆에 선 멤버가 대신 답했지만 반응은 싸늘했다.

더블틴의 리더 온. 짙은 갈색 머리를 한 채 생글거리던 녀석이 말을 뱉었다.

"와, 진짜 처음 들어봐."

"……."

"니들도 참 힘들겠다."

등 뒤로 숨긴 주먹이 미세하게 떨렸다. 태헌의 기준에서 온은 놀라운 사람이었다. 저렇게 웃으면서 상대방의 속을 긁어낸다는 것이 결코 쉬운 일이 아닐 텐데.

온은 피식 웃으며 말을 뱉었다.

"노래라도 불러봐."

SG 엔터테인먼트다.

괜히 적으로 둬서 나쁠 게 없는 회사. 태헌은 침을 삼키며 손을 들었다.

"제가 해보겠습니다."

드림스트릿의 활동곡 「Photograph」의 랩 파트를 열창하는 태헌. 마이크도 MR도 없이 즉석에서 시작하게 된 라이브. 긴장한 나머지 발음이 옆으로 새기 시작했다.

"……."

"푸흡."

힘겹게 자신의 파트를 읊어내는 태헌이다. 곧바로 더블틴 멤버들 사이에서 웃음이 터져 나왔다. 이게 웃을 일인가 싶었던 태헌은 한층 더 멍해졌다.

'뭐지.'

상식적으로 만나보지 못했던 노골적인 비웃음.

턱을 쓸어내리던 온은 심사 위원이라도 된 것처럼 날이 선 한마디를 뱉었다.

"그따위로 해서 되겠냐?"

"네?"

보다 못한 태헌이 되묻자, 온이 손사래를 치며 웃어 보였다.

"솔직하게 말해주는 거야. 컨셉이 너무 흔하잖아."

"……."

"그렇게 랩 하는 애들 학교 동아리 가면 한 사발이겠다."

하.

말문이 막혀 입이 떨어지질 않았다.

태헌의 두 손이 부들부들 떨리기 시작했다. 어차피 그가 여기서 언성을 높이지 못할 걸 알기에 온의 막말은 이어졌다.

"아, 개못하네 진짜."

"지금… 뭐라고 하셨어요?"

"캬, 우리 리더 형. 구구절절이 맞는 말만 하네."

지들끼리 뭐가 그리도 좋은지 깔깔대는 모습.

태헌이 떨리는 목소리로 힘겹게 뱉어낸 말은 그대로 묻히고야 말았다.

"뭘 봐, 그냥 나가."

그게 더블틴을 기억하는 첫 만남이었다.

더블틴은 지금쯤 기억하지 못할 지독한 만남.

"하. 진짜 미친 새끼."

더블틴의 대기실을 나선 태헌은 곧바로 욕을 뱉었다. 은근히 신인을 무시하는 선배들이야 많았지만 저렇게 대놓고 면박을 주는 경험은 처음이어서였다.

그것도 연차도 얼마 차이 나지 않는 선배가.

"후우."

대기실 안에선 내색하지 못했지만.

분해서 눈물이 나올 거 같았다. 태헌은 눈시울이 붉어진 상태로 말을 뱉었다.

"2년 차가 무슨 저래?"

"벌써부터 음방 1위 후보잖아."

"대형 기획사고……."

어차피 선배들한테는 그야말로 깍듯한 후배 노릇을 하는 녀석들이니, 저렇게 함부로 대해도 아무 말도 나오지 않는 거겠지.

'착하게 살면 다 때가 온다.'

'에이, 그러면 착한 사람들은 다 성공하게요?'

'못된 놈들은 될 일도 안 돼.'

태헌은 어릴 적 할아버지가 하셨던 말씀을 떠올렸다.

그 말을 죽어라 믿고 살아왔는데 지금은 잘 모르겠다.

'할아버지, 저런 새끼도 잘나가요.'

태헌은 조소를 머금은 채 벽에 기댔다.

"드림스트릿 이동할게요."

두 번 다시 마주치기도 싫은 녀석들이었지만, 리허설이 끝나고 내려오는 길에 태헌은 다시 눈을 버리고야 말았다.

"아, 진짜 짜증 나네. 그러면 우리를 왜 부른 거야?"

"내 말이. 1위 줄 거 아니면 부르지나 말든가."

사전녹화를 준비해야 할 상황. 오디오 리허설과 카메라 리허설까지 끝났지만, 아직 녹화 시간은 한참 남아 있었다. 당연히 다음 무대를 준비하고 있을 줄 알았던 더블틴이 주차장에 있던 것이었다.

"뭐예요?"

태헌은 놀란 눈으로 매니저에게 물었다.

누가 봐도 짐을 싸고 있는 모습.

더블틴의 온은 신경질을 내며 차 문을 열었다.

"아까 걔들 맞지?"

"맞는데?"

"에휴."

매니저는 혀를 내두르며 말을 뱉었다. 갓 데뷔한 드림스트릿은 몰랐겠지만 저런 경우가 꽤나 빈번했다.

당연히 1위일 줄 알고 참석했던 더블틴. 1위의 주인공이 자신들이 아니라는 걸 뒤늦게 전해 들은 모양이었다.

"야, 철수하자."

드림스트릿이 멍한 얼굴로 입을 벌리고 있는 동안.

더블틴의 검은 차량이 주차장을 빠져나갔다.

*   *   *

"그러고 바로 갔다고?"

상준은 기겁하며 몸을 앞으로 숙였다. 하운 역시 상상도 못 했는지 두 눈을 끔뻑이고 있었다.

"리허설만 하고? 아니, 사녹은?"

"당연히 안 했겠지."

대형 기획사니까 가능한 얘기였다. JS에서도 한 번도 해본 적 없는 일인데. 그걸 해내다니.

상준은 한숨을 내쉬며 고개를 저었다.

"1위 아니라니까 그냥 쨌잖아."

그야말로 쭉 잘나갈 줄 알았던 더블틴이 고꾸라졌던 건 나름 최근이었다. 그렇게 한동안 1위를 못 하다가 요새 갑자기 다시 상승세를 달린 탓에 의기양양해졌을 터.

"안 봐도 비디오라니까. 그 인성 어디 갔겠냐."

태헌은 감정이 담긴 목소리로 말을 뱉었다.

"와, 진짜 무섭네요."

"그렇지?"

매번 놀랍지만 정말 이 바닥은 겉과 속이 다르다.

상준은 하운의 말에 공감하며 과자를 털어 넣었다.

"자, 연습하자."

"아악…… 한참 재밌었는데."

그 오빠에 그 동생.

인성이 덜된 건 둘째 치고 별로 만나고 싶은 부류들은 아니었다.

서 PD의 일은 직접 피해를 봤으니 나선 것이었지만, 애당초 상준은 먼저 충돌하는 걸 그리 달가워하지 않았다.

적이 늘어난다는 것은 조심해야 하는 일이 늘어난다는 의미니까.

'만나지 않았으면 좋겠네.'

물론 그런 바람이 그리 쉽게 이루어질 리 없었다.

*   *   *

"와아아아아!"

탑보이즈의 타이틀곡 마지막 무대.

2주간의 활동 기간이 정신없이 흘러갔지만 오늘은 유독 더 바쁜 날이었다.

뮤직월드 MC에 이어서 무대까지 뛴 다음, 태헌, 하운과의 합동무대까지 준비해야 하는 상황.

상준은 벌써부터 긴장한 얼굴로 마이크를 손에 쥐었다.

"네, 다음 무대는 탑보이즈의 마지막 무대 '너의 노래'죠?"

"와아아!"

"이 곡 참 좋은데, 그렇죠? 아린 씨는 어떻게 생각하세요."

"제 옆에 계신 분이 양심이 조금 없다고……. 그렇게 생각합니다."

"와, 정말 너무하시네."

어느덧 합이 잘 맞는 아린과 상준은 농담을 주고받으며 웃음을 터뜨렸다. 아린은 손짓을 하며 상준에게 말을 던졌다.

"어서 가세요."

"후, 네. 뛰고 오겠습니다."

총총.

그렇게 빨리 뛰어간 무대.

바닷속을 연상하는 푸르른 무대 세트가 상준을 기다리고 있었다.

타이틀곡 활동이 끝난다고 생각하니, 이때가 늘 가장 뭉클한 거 같다. 어느덧 곡에 익숙해진 몸이 유연하게 멜로디를 따라갔다.

바닥에 버려진 작은 음표들을 주워
새하얀 이곳으로 돌아왔어

허공을 부드럽게 휘저으며 앞으로 미끄러지는 제현.
상준은 웃으며 카메라를 똑바로 응시했다.

너가 자꾸 생각나
What's your color
이 노래의 색을 칠하고 싶어

'ASK'와도 연결되는 가사들.

Nothing without you
거짓된 이야기는 필요 없어

탑보이즈의 흔들림 없는 라이브가 방청석을 달궈놓았다.
이미 타 팬들 사이에서 탑보이즈는 모두의 차애로 유명했다.
꼭 팬이 아니더라도 무대가 기다려지는 가수.
매끄러운 안무가 끝나고.

너의 노래가
단 하나의 노래가
푸른 하늘을 적셔

상준은 상당히 높은 고음을 한 번에 내질렀다.

전혀 힘들어 보이지 않는 표정으로 생글거리면서.

물론 그렇다고 해서 정말 힘들지 않는 것은 아니었다.

"허억… 헉."

무대가 끝나자마자 숨을 헐떡이며 돌아간 상준.

"네, 탑보이즈의 무대. 정말 너무 좋았어요, 그죠?"

"왜 이렇게 떠세요."

"다리가 떨려요."

이다음에는 태헌, 하운과의 무대도 있었다.

그나마 다행인 건 연이은 순서는 아니라는 것 정도.

"힘들어 죽겠네요."

"이어서 다음 무대 소개해 드릴게요. 상준 씨?"

상준은 숨을 고르며 대본을 확인했다.

'아, 얘네였어?'

별로 유쾌하지 않은 이름이 자리하고 있었다.

데뷔했구나.

SG 엔터의 걸 그룹. 이연이 속한 그룹의 데뷔무대.

상준은 표정을 관리하며 그들의 이름을 읊었다.

"박수로 맞이해 주세요!"

*　　　　　*　　　　　*

같은 시각.

상준을 제외한 탑보이즈 멤버들은 대기실에서 뮤직월드 생방송을 확인하고 있었다.

"어, 얘네 데뷔했네?"

원래는 상준과 하운, 태헌의 합동무대를 기다리고 있었던 것이지만.

그다지 반갑지 않은 얼굴이 모니터를 가득 채웠다.

상준에게서 얘기를 전해 들었던 유찬의 반응은 차가웠다.

"데뷔 전부터 시은이한테 막말한 애 아냐?"

"춤 잘 추긴 하네."

도영이 달갑지 않은 표정으로 작게 중얼거렸지만 사실이었다.

재능이 넘쳐흐르는 아이.

시은이 그렇게 말했던 이유도 이해가 갔다.

데뷔 전부터 이미 자신은 뜰 거라고 호언장담하고 있던 것도.

유찬은 오징어 다리를 잘근거리며 말을 뱉었다.

"이따 상준이 형 오면 물어보자. 뜰 거 같은지."

"그 형이 잘 보긴 하지."

"뜬다고 할 거 같은데."

사실 안 뜨기도 힘든 조합이었다.

SG 엔터에서 칼을 갈고 준비한 걸 그룹인 데다가 전체적인 비주얼 합도 좋았다. 라이브 실력은 알 길이 없었지만 춤은 수준급이었고.

"후우."

"시은이 기분 더 안 좋겠네."

선우는 걱정스러운 눈길로 혀를 찼다.

아예 몰랐을 때라면 모르겠지만 그 얘기를 듣고 나니 전혀 응원해 주고 싶은 마음은 들지 않았다.

　—얘네가 SG 신인임?
　└SG가 애들 보는 눈이 어째 떨어진 거 같다 ㅋㅋㅋ
　└뭐 저 정도면 ㄱㅊ지 않냐?
　└지금 무대 보는 중인데 실력도 좋아 보이는데?
　└하여간 방구석 워리어들;; 니들이 나가서 해봐 ㅋ
　—저 센터에 있는 애가 젤 괜찮네
　└더블틴 온 동생이래
　└ㄹㅇ?
　└와 이건 몰랐네
　└어쩐지 애가 끼가 있더라

　신인이라고 무작정 물고 뜯는 사람도 많았지만 전체적인 반응도 좋았다. 애당초 신인에게 저렇게 관심이 쏠린다는 것 자체가 이미 반은 먹고 들어간 상황이었다.

　그중에도 특히 연이 가장 큰 주목을 받고 있었다. 유찬은 주머니에 손을 찔러 넣으며 말했다.

　"뻔하지. 이미지 세탁해서 뜨는 애들 많잖아."

　"그렇지."

　댓글을 천천히 훑어 내려가며 혀를 차는 탑보이즈.

　그때였다.

　"…어?"

제현은 화들짝 놀라며 휴대전화를 들었다.

가장 최신으로 올라온 기사.

"형, 이거 봐봐."

제현은 화면 속 여자를 손으로 가리키며 말했다.

"이거, 쟤 아냐?"

「SG 신인 걸 그룹 센터 연 'ASK 논란'」

묵직한 돌 하나가 던져졌다.

『탑스타의 재능 서고』 10권에 계속…